Mentor

Lektüre · Durchblick

Band 427

GEORGE ORWELL

Nineteen Eighty-Four

Von Rüdiger Hermes

Auf Deutsch –
mit englischen Formulierungshilfen!

Mentor Verlag München

In Zusammenarbeit mit Langenscheidt

Willkommen bei »Lektüre · Durchblick«!

Sie lesen gerade »Nineteen Eighty-Four« im Englischunterricht?

Dann finden Sie hier in knapper und verständlicher Form – oft auf besonders übersichtlichen Doppelseiten – genau die Informationen, die Sie jetzt brauchen.

Sie werden sehen: Wenn Sie sich mit diesem Hintergrund »1984« nochmals vornehmen, steht dem vollen Durchblick nichts mehr im Wege. Denn je mehr Sie schon wissen, desto mehr entdecken Sie selbst im Text. Und damit Sie das alles auch auf Englisch ausdrücken können, gibt's außerdem zahlreiche Formulierungshilfen.

Viel Spaß und Erfolg wünschen Ihnen

Autor und Verlag

Der Autor:
Rüdiger Hermes, Gymnasiallehrer für Englisch und Geschichte am Wirtschaftsgymnasium Offenburg

Inhalt

Die Thematik

1984 ist das Jahr, in dem Winston Smith wissentlich und willentlich das schlimmste Verbrechen begeht, das es in einer Welt gibt, die **George Orwell** 1948 als unmittelbare Zukunft beschwört. Dieses Verbrechen heißt ***thoughtcrime***: Er denkt und fühlt nicht, wie die Staatspartei es verlangt.

Am Schicksal seiner Romanfigur entwickelt Orwell düstere Perspektiven weiter, die sich Ende der 1940er-Jahre abzeichnen: Hitlers Versuch, die Weltherrschaft zu erringen, war gerade gescheitert, Europa lag in Trümmern; die Welt gefror im beginnenden Kalten Krieg zu zwei politischen Blöcken: dem der freien Welt unter der Führung der USA und dem des sozialistischen Ostblocks unter der Führung der Sowjetunion mit ihrer überragenden Vaterfigur Josef Stalin. Ansatzweise war ein dritter Block aus entkolonialisierten Ländern (Indien, Indonesien) sowie dem gerade entstandenen Rotchina zu erkennen.

Für Orwell war die Bedrohung der Freiheit des Individuums durch totalitäre Regime ein zentrales Zukunftsproblem. Seine Frage lautete: Kann der Einzelne seine Freiheit gegenüber einem technokratischen Machtstaat verteidigen, der mit immer raffinierter werdenden Techniken der geistigen Beeinflussung ausgestattet ist?

So behandelt »1984« das Schicksal
- der Identität in einem Staat, der Sprache, Gedanken, Vergangenheit und Gegenwart der Menschen kontrolliert;
- von Intimität und Sexualität in einer Gesellschaft, die keine Privatsphäre duldet;
- von Werten wie Freiheit, Gleichheit und Brüderlichkeit in einem System, das diese Werte zerstören will;
- der menschlichen Vernunft angesichts einer Ideologie, die dem Menschen diese Vernunft abspricht.

Die Handlung in Kürze

Orwells Roman »1984« erzählt die Geschichte von Winston Smith, der sich als Einzelner gegen ein System auflehnt, das das Leben der Menschen bis in ihre Gedanken hinein überwacht. Der Held vermag jedoch nichts gegen das System. Am Ende wird auch seine Individualität „ausgelöscht".

1984. Auf der Erde gibt es noch drei Großstaaten: *Eurasia*, *Eastasia* und ***Oceania***, das aus den Britischen Inseln und Nordamerika besteht. Hier regiert eine allmächtige Partei unter der Führung von ***Big Brother***. In allen Räumen sind nicht abschaltbare Bildschirme installiert, die ständig Parteipropaganda senden. Gleichzeitig funktionieren sie als Kameras, durch die die Partei das Leben jedes Einzelnen bis in intimste Bereiche hinein kontrolliert.

Winston Smith, 39, ein einfaches Parteimitglied, beginnt ein Tagebuch. Dies ist der Anfang seiner persönlichen Rebellion gegen die Partei. Auf der Suche nach Gleichgesinnten trifft er auf die attraktive junge Parteiaktivistin **Julia** und auf **O'Brien**, ein Mitglied der ***Inner Party***, dem eigentlichen Machtzentrum der Partei. Zwischen Winston und Julia entwickelt sich eine heftige Liebesbeziehung, die beide als Auflehnung gegen das System verstehen. Ihr geheimer Treffpunkt in den Vierteln der ***Proles***, der in Unwissenheit und schäbiger Armut lebenden Bevölkerungsmehrheit, wird jedoch heimlich von der **Gedankenpolizei** überwacht und schließlich werden sie verhaftet. O'Brien, den sie für einen der Ihren hielten und dem sie sich anvertraut hatten, entpuppt sich als Agent der Gedankenpolizei. Durch Folter und Gehirnwäsche wird Winston von O'Brien zu den Dogmen der Partei bekehrt und dann aus den Kerkern des „Liebesministeriums" entlassen. Innerlich leer, aber voller Liebe zu *Big Brother* wartet er auf sein Ende.

Die Personen

Die zentrale Figur in G. Orwells Roman »1984« ist **Winston Smith**. Durch seine Augen sehen wir *Oceania* und die anderen Charaktere wie durch den Sucher einer Kamera. Der Leser erlebt Winstons Hoffnungen, seine Zweifel, seine Verzweiflung und seine Veränderung durch Gehirnwäsche.

Winston Smith: 39 Jahre alter Angestellter des Wahrheitsministeriums. In einem Akt selbstzerstörerischer Auflehnung begibt er sich auf die Suche nach Wahrheit. Er nimmt dafür seinen sicheren Tod in Kauf, findet aber zunächst scheinbar Liebe und Verbündete.

O'Brien: Mitglied der *Inner Party*. Von Winston für einen Mitverschwörer gehalten, entpuppt er sich aber als allwissendes und allmächtiges Werkzeug der Partei.

Julia: die Frau, die Winston liebt. Hinter der Maske der linientreuen Parteiaktivistin verbergen sich Hass und Verachtung für die heuchlerische Parteiideologie. Sie hat erkannt, dass die Partei Sexualität unterdrückt, um die so gestaute Energie für ihre Zwecke zu nutzen.

Parsons: der dümmlich-naive, ewig Schweißgeruch verströmende Parteigenosse; Winstons Nachbar und Kollege. Seine Kinder, auf deren linientreue Erziehung er stolz ist, denunzieren ihn aber bei der Gedankenpolizei.

Syme: ein brillanter Intellektueller, der sich für die Ziele der Partei einsetzt; dennoch fast ein Freund Winstons.

Mr. Charrington: liebenswürdiger älterer Betreiber eines Trödelladens in einem *Proles*-Viertel. Winston hat hier sein Tagebuch erworben. Charrington vermietet ihm auch das Zimmer, in dem er sich mit Julia heimlich trifft. Hinter der Maske des Biedermannes verbirgt sich jedoch ein Gedankenpolizist.

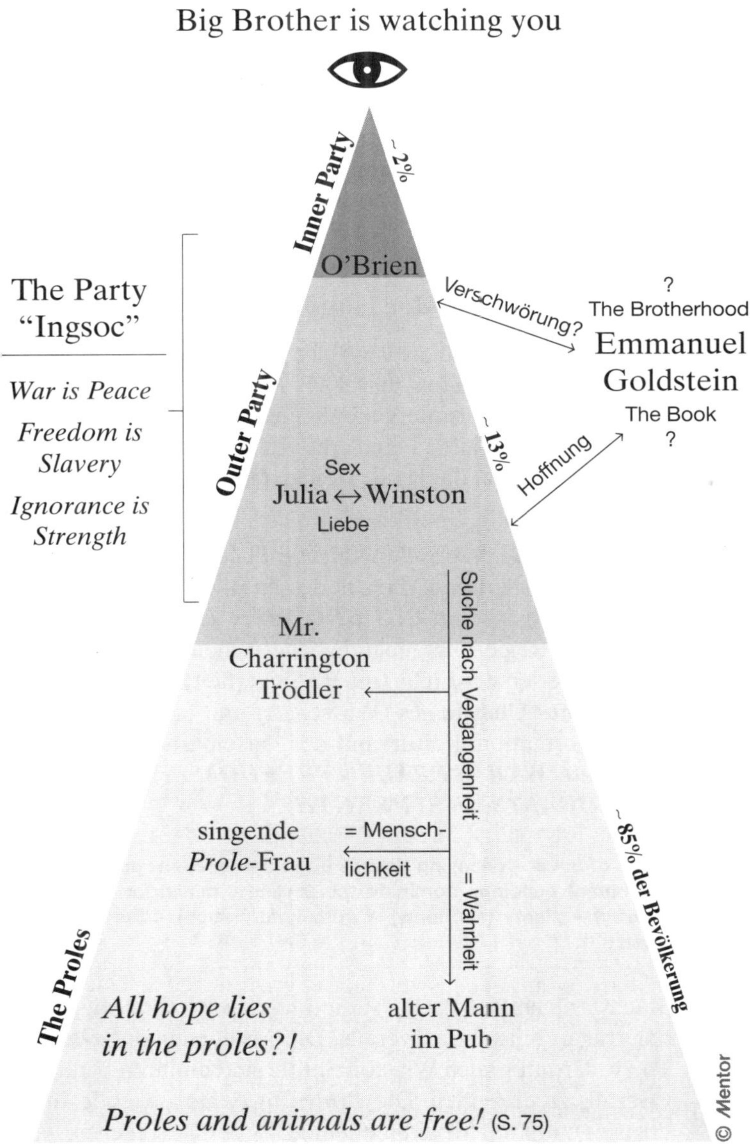
Big Brother is watching you
Inner Party
~2%
O'Brien
The Party
"Ingsoc"
War is Peace
Freedom is
Slavery
Ignorance is
Strength
Verschwörung?
?
The Brotherhood
Emmanuel
Goldstein
The Book
?
Outer Party
~13%
Hoffnung
Sex
Julia ↔ Winston
Liebe
Suche nach Vergangenheit
Mr.
Charrington
Trödler
singende
Prole-Frau
= Mensch-
lichkeit
= Wahrheit
~85% der Bevölkerung
The Proles
All hope lies
in the proles?!
alter Mann
im Pub
Proles and animals are free! (S. 75)
© Mentor

Die Handlung

Der Roman behandelt ein Jahr im Leben des **Winston Smith**, nämlich den Zeitraum von April **1984** bis etwa Ende März 1985. England und London sind zu dieser Zeit bereits seit etwa 30 Jahren Teil des Großstaates ***Oceania***, der von der allmächtigen ***Ingsoc***-Partei und ihrem Führer ***Big Brother*** beherrscht wird.

Der Hintergrund der Handlung

Es gibt noch drei Staaten auf der Welt: *Eastasia, Eurasia* und ***Oceania***. **London**, der Ort der Handlung, besteht weitgehend aus heruntergekommenen Gebäuden der ersten Jahrhunderthälfte. Feindliche Raketenbomben reißen ständig Lücken in die Häuserzeilen: *Oceania* befindet sich im **Krieg**.

Allgegenwärtig im Straßenbild sind Plakate mit dem Bild eines schnauzbärtigen Mannes, dessen Blick dem Betrachter zu folgen scheint: ***BIG BROTHER IS WATCHING YOU***. Vier Regierungsgebäude beherrschen das Stadtbild: die Ministerien **der Liebe** (innere Sicherheit), **des Friedens** (Krieg), **des Überflusses** (Wirtschaft) und das **der Wahrheit** (Information, Kultur) mit der Parteiparole an seiner Frontseite: ***WAR IS PEACE – FREEDOM IS SLAVERY – IGNORANCE IS STRENGTH***.

Theme of novel – decaying houses – the omnipresent portrait – government buildings dominate the skyline – ministries – love (security) – plenty (economy) – truth (information) – the Party slogan

Machtzentrum der Partei ist die ***Inner Party***: Ihre Mitglieder tragen schwarze Overalls. Die Mitglieder der ***Outer Party***, darunter auch Winston Smith, sind an ihren blauen Overalls zu erkennen. Die ***Proles***, in Armut lebende Industrie- und Landarbeiter, bilden 85% der Bevölkerung.

Oceanias größter Feind ist **Emmanuel Goldstein**, ein abtrünniger Parteiführer. An der Spitze der ***Brotherhood*** arbeitet er angeblich im Untergrund am Sturz des Regimes. Die **Gedankenpolizei** kontrolliert die Bevölkerung durch ihr dichtes Agentennetz und nicht abschaltbare **Bildschirme**, die in jedem Raum angebracht und gleichzeitig Sende- und Aufnahmegeräte sind. Auf der Suche nach **Gedankenverbrechern** wertet sie Bild und Ton aus. Verdächtige verschwinden in den Kellern des Wahrheitsministeriums.

industrial and agricultural workers – poverty – a renegade Party leader – overthrow of the regime – the thought police – their net of spies – a screen – to switch off – broadcasts and records – thoughtcrime – suspects disappear into cellars – Ministry of Truth

Teil I (S. 1–107)

Kapitel I: Winston begeht *thoughtcrime*

Winston Smith, 39, kommt in der Mittagspause von seiner Arbeit im Wahrheitsministerium nach Hause. In einer vom Bildschirm nicht einsehbaren Nische seiner Wohnung beginnt er ein Tagebuch. Damit begeht er bewusst *thoughtcrime* und muss mit seiner Verhaftung rechnen.

Außer dem Datum – der 4. April 1984 – vermag er zunächst nicht viel zu Papier zu bringen. Er erinnert sich aber an den Morgen dieses Tages: Um 11 Uhr versammelte sich die Belegschaft zum 2-Minuten-Hass auf Emmanuel Goldstein. Ein attraktives dunkelhaariges Mädchen weckt seinen Hass gegen die Frauen, die er alle für parteikonforme Spitzel der Gedankenpolizei hält. O'Brien hingegen, ein Mitglied der *Inner Party*, wirkt trotz seiner Hässlichkeit sympathisch und kultiviert auf Winston und der fühlt sich auf merkwürdige Weise zu ihm hingezogen. Am Ende der Veranstaltung begegnen sich kurz die Blicke Winstons und O'Briens und Winston glaubt, darin gegenseitige Übereinstimmung zu erkennen.

alcove not visible from screen – a diary – he consciously commits thoughtcrime – an incident – the staff assembled – his hatred erupted at the sight of an attractive girl – spies – despite his ugliness he seems likeable and sophisticated – he feels attracted to him – mutual understanding

Kapitel II: Die Stimme im Dunkeln

Es ist nur Mrs. Parsons, seine Nachbarin, die Frau eines Kollegen: Ihre Küchenspüle ist verstopft. Nachdem Winston den Abfluss repariert hat, gerät er in das Spiel der beiden Parsons-Kinder und muss sich von ihnen als vermeintlicher Verräter „festnehmen" lassen.

Zurück in seiner Wohnung, erinnert er sich an einen Traum. In einem stockfinsteren Raum sagte jemand zu ihm: *"We shall meet in the place where there is no darkness"* (S. 27). Winston glaubt, dass es O'Brien war, der im Traum gesprochen hatte, und dass die Worte sich bewahrheiten würden. Einstweilen aber sieht er sich allein und ihm kommen Zweifel am Sinn seines Tuns. Erst als er zur Arbeit muss, fasst er wieder Mut und widmet sein Tagebuch einer Zeit, *when truth exists and what is done cannot be undone […]* (S. 30).

relief – kitchen sink is blocked – denouncing traitors – a faraway dream – pitch-dark – words would prove true – standing alone – he plucks up courage – dedicates diary

Kapitel III: Vergangenheit und Gegenwart

Als Winston 11 Jahre alt war, müssen seine Mutter und seine kleine Schwester verschwunden sein (vgl. S. 31). Durch einen Traum wird Winston klar, dass sie sich für ihn geopfert haben: ein Verhalten, das heute undenkbar wäre. Dann träumt er von einer Sommerwiese. Er nennt diese ihm bekannte Traumlandschaft *The Golden Country*.

he realizes that they sacrificed themselves – dream landscape

Mit einem Wecksignal vom Bildschirm beginnt die Morgengymnastik. Während der Übungen erkennt Winston, dass es keine Beweise für die Realität persönlicher Erinnerungen gab. Die Partei fälschte laufend die Vergangenheit, um sie gegenwärtigen Bedürfnissen anzupassen. Durch *doublethink*, einer Technik, die darin besteht, sich in Kenntnis der Wahrheit selbst zu belügen, wird dieser Vorgang aber gleichzeitig verdrängt. Er erinnert sich an einen Beweis für diese Geschichtsfälschung.

morning exercises – no proof for memories – party adapts to suit current needs – technique – lie to self – repressed – the falsification of a historical fact

Kapitel IV: Die Herstellung von Vergangenheit

Winstons Arbeit im Wahrheitsministerium besteht in der Berichtigung von Artikeln in alten Ausgaben des Parteiorgans *The Times*. Die veränderte Ausgabe wird dann neu gedruckt im Archiv ausgelegt, die alte Ausgabe wird vernichtet. So wird mit allem verfahren, was der gegenwärtigen Parteilinie nicht entspricht. Obwohl Winston weiß, dass er Fälschungen anfertigt, befriedigt ihn seine Arbeit.

the manufacturing of articles – rectification – originals destroyed – standard procedure – the current party line – to forge history

Kapitel V: Propaganda und Wirklichkeit

Mittagspause. Winston hat in der Kantine eine Portion undefinierbaren Eintopf ergattert und setzt sich mit Syme, dem *Newspeak*-Spezialisten, an einen Tisch. Syme ist völlig auf Parteilinie, aber ein interessanter Gesprächspartner, wenn es um *Newspeak* geht, die von der Partei verlangte Ablösung von *Oldspeak*, dem noch gebräuchlichen Englisch (vgl. *Appendix*). Syme nennt als Endziel die endgültige Ausrottung von *thoughtcrime* durch radikale Verkleinerung des Wortschatzes.

Parsons setzt sich und erzählt stolz von seinen Kindern. Eine Frau, die am Nebentisch mit dem Rücken zu Winston sitzt, dreht sich plötzlich um: Das dunkelhaarige Mädchen! Winston bekommt Angst: Sie spioniert ihm nach!

indefinable stew – an astute interlocutor – radical reduction of vocabulary

Kapitel VI: Sexualität und Ehe

Winston beschreibt in seinem Tagebuch ein drei Jahre zurückliegendes, widerwärtiges Erlebnis mit einer Prostituierten. Sein Ekel mischt sich mit Erinnerungen an seine kurze Ehe mit Katherine, von der er schon seit elf Jahren getrennt lebt, weil Sex für Katherine Pflichterfüllung war: Der Sexualtrieb sollte nur noch im bewussten Dienste der Fortpflanzung für die Partei stehen. Da Scheidungen nicht erlaubt sind und eine sexuelle Beziehung zu einem Parteimitglied ein schweres Verbrechen ist, blieb Winston nach der Trennung nur der Besuch bei *Proles*-Prostituierten.

prostitute – disgust – remembers married life – separated – divorce is not tolerated – sexual relations – only in the conscious service of procreation

Kapitel VII: Winston hofft auf die *Proles*

Winston ist überzeugt, dass die Partei nur durch einen Aufstand der *Proles* gestürzt werden kann. Die Partei rühmt sich, diese Menschen von Ausbeutung befreit zu haben, hält sie aber andererseits am Rande des Existenzminimums: Mit ihrem Überleben beschäftigt, begreifen sie die Ursachen ihrer Not nicht. In einem Schulbuch findet Winston eine Beschreibung des Lebens vor der *glorious Revolution* (S. 75): Wenige unermesslich reiche „Kapitalisten“, deren Anführer man „König“ nannte, hielten viele unermesslich Arme in sklavischer Abhängigkeit usw. Dank der Partei lebe die Bevölkerung heute in einem „goldenen Zeitalter“.

party boast – subsistence level – physical survival – origin of their misery – schoolbook – slavish – golden age

Während der großen Säuberungen in den 1960ern waren viele Parteigrößen in Schauprozessen verurteilt worden. Alle waren geständig und wurden vor ihrer endgültigen Eliminierung meist begnadigt und wieder in die Partei aufgenommen. Fünf Jahre später kam offenbar versehentlich an seinem Arbeitsplatz ein *Times*-Artikel von 1963 in seine Hände, der belegte, dass Anklagen wie Geständnisse falsch waren. Leider hatte er das Dokument sofort vernichtet, um zu verhindern, dass man seine Entdeckung bemerkte.

Unter den hypnotischen Augen von *Big Brother* auf dem Deckel des Geschichtsbuches spürt er die Forderung zu akzeptieren, dass 2 + 2 = 5 sind, wenn die Partei es so will. Beruhen Wirklichkeit und Logik nur auf Einbildung ?

leading lights – sentenced in show trials – pardoned and re-integrated – executed – accidentally – article – deny one’s own reason – based on imagination

Kapitel VIII: Die Suche nach der Vergangenheit

Auf einem Abendspaziergang kommt Winston in den *Proles*-Vierteln in die Nähe des Ladens, in dem er sein Tagebuch gekauft hat. In einer Kneipe versucht er, einen alten Mann über die Zeit vor der Revolution auszufragen. Der kann sich jedoch nur an Belanglosigkeiten erinnern. Deprimiert verlässt Winston die Kneipe und steht plötzlich vor dem Trödelladen. Zwischen wertlosem Plunder findet er einen Briefbeschwerer, eine Glashalbkugel, in die eine rosa Koralle eingelassen ist. Ihr Alter und ihre Schönheit faszinieren ihn und er kauft sie. Der ältere Ladenbesitzer führt ihn in ein kleines möbliertes Zimmer im Obergeschoss, in dem es nicht einmal einen Bildschirm gibt. Es zu mieten wäre zu gefährlich. Der Besitzer lenkt Winstons Interesse auf den gerahmten Stahlstich einer Kirche, *St Clement's Dane, its name was* (S. 101), und zitiert den Beginn eines Kinderreims. Winston glaubt, vom Ladenbesitzer Charrington mehr über die Vergangenheit erfahren zu können und will wiederkommen.

Im Dunkeln begegnet Winston das Mädchen und schaut ihm im Vorbeigehen direkt ins Gesicht. Für Winston steht jetzt fest, dass sie ihn ausspioniert. Er will sie mit dem Briefbeschwerer erschlagen, ist aber vor Angst völlig erstarrt.

evening walk – tries to question on old man – nothing but commonplaces – paperweight – furnished room – framed engraving – he quotes a nursery rhyme – paralysed with fear

Teil II (S. 109–234)

Kapitel I: Die Botschaft des Mädchens

Vier Tage später begegnet er dem Mädchen im Ministerium. Sie trägt ihren rechten Arm in einer Schlinge, stolpert plötzlich und fällt auf den verletzten Arm. Winston hilft ihr wieder auf und bemerkt dann, dass sie ihm ein Stück Papier in die Hand gedrückt hat. Erst als er sich an seinem Arbeitsplatz sicher fühlt, liest Winston das Papier: *I love you* (S. 113). Winston ist verwirrt, spürt aber neuen Lebenswillen in sich. Eine Woche später verabreden sie sich abends am *Victory Square*. Sie treffen nacheinander dort ein und in einer größeren Menschenmenge drängelt sich Winston neben das Mädchen. Ohne ihn anzuschauen flüstert sie ihm zu, wo sie sich am Sonntagnachmittag treffen können.

she stumbles and falls onto her injured arm – she slips sth. into his hand – arrange to meet at 19h – crowd

Kapitel II: Im *Golden Country*

Selbst in einer menschenleeren Frühlingslandschaft in der Nähe Londons ist Vorsicht geboten: Überall können Mikrofone versteckt sein. Das Mädchen führt Winston auf einem schmalen Pfad durch einen Wald. Ihr Ziel ist eine kleine Lichtung im Wald. Ein sicherer Ort, wie das Mädchen meint.

Erste körperliche Annäherungsversuche führen wegen Winstons Unsicherheit nicht weit und so beginnen sie, sich zu unterhalten. Sie heißt Julia. Wie in Winstons Traum reißt Julia die Schärpe der *Anti-Sex League* ab und erzählt ihm, wie sehr sie die Partei verachte. Dasselbe Gefühl habe sie bei ihm auch erkannt und sich in ihn verliebt. Aneinander geschmiegt gehen sie spazieren. In der Landschaft, die sie vom Waldrand aus sehen, erkennt Winston *The Golden Country*. Hier verliert er seine Angst vor Julia und sie zieht ihn zur Lichtung zurück, wo sie sich einander hingeben. Als Winston den Körper der schlafenden Julia betrachtet, erkennt er, dass es das einfache Begehren eines Mannes für eine Frau nicht mehr gibt. Heute war Liebe ein politischer Akt.

even in a deserted springtime landscape you have to be cautious – the sight of her youthful body – a clearing – their first attempts at closeness don't get far – clinging to each other – scores of party members – no longer simple desire of a man for a woman

Kapitel III: Julia

Beim Abschied gibt Julia Winston genaue Anweisungen, wie sie sich in London treffen können. Die Kontaktaufnahme dort ist jedoch schwierig. Schließlich findet Julia einen Treffpunkt im Glockenturm einer Kirchenruine.

Julia, 26 Jahre alt, arbeitet im *Fiction Department*. Sie hatte mit 16 ihre erste Affäre mit einem Parteimitglied und seitdem viele andere. Winston bemerkt Julias praktischen Verstand: Sie will das Leben genießen und bricht geschickt die Regeln, die sie daran hindern. Winstons Todesahnungen begegnet sie, indem sie ihre Brüste an ihn presst. Winston gibt sich geschlagen.

belfrey – common sense – enjoy life – breaks the rules preventing her from doing so – she counters his premonitions of death by pressing her breasts against him

Kapitel IV: Die Wand aus Dunkelheit

In dem Zimmer über dem Laden, das Mr. Charrington ihm vermietet hat, wartet Winston auf Julia. Im Hinterhof singt eine *Prole*-Frau beim Wäscheaufhängen voll Inbrunst einen Schlager. Er hatte das Zimmer gemietet, nachdem er gespürt hatte, dass er mehr als nur sexuelles Interesse an Julia hat. Sie war sofort einverstanden gewesen.

Julia kommt wenig später mit seltenen Lebensmitteln. Als sie sogar Make-up aufträgt, erscheint sie Winston noch begehrenswerter. Sie lieben sich und schlafen ein. Beim Aufwachen sieht Julia eine Ratte und verscheucht sie. Winston unterbricht Julia abrupt, als sie davon erzählt, wie Ratten Babys im Schlaf anfallen. Ihre Worte erinnern ihn an einen Albtraum, in dem er vor einer Wand aus Dunkelheit steht. Hinter der Wand ist etwas Entsetzliches. Obwohl er ahnt, was es ist, will er es nicht wissen. Winston vergisst seinen Panikanfall, als Julia „echten" Kaffee zubereitet hat und sie essen. Julia interessiert sich für den Stahlstich der Kirche und kennt einen Vers des Kinderreims.

room – woman singing – fervently – a hit – not mere sexual interest – he is delighted – a nightmare – fit of panic – the conservation of

Kapitel V: Julia und Winston sind glücklich

In ihrem Zimmer sind Winston und Julia innerlich unbeteiligt an den Vorbereitungen zur „Hass-Woche". Beide fühlen sich hier sicher und glücklich. Winston erzählt Julia von O'Brien; sie hält es durchaus für möglich, dass dieser vertrauenswürdig sei. Die *Brotherhood* hält sie jedoch für ein Märchen der Partei. Sie interessiert sich kaum für Diskussionen über Wahrheit und Geschichte; lediglich ihr gegenwärtiges Glück ist für Julia von Bedeutung.

untouched by preparations – a tale – their present happiness counts for her

Kapitel VI: O'Brien nimmt Kontakt auf

O'Brien spricht Winston im Flur des Ministeriums an. Um mit seinen Texten auf dem neuesten Stand zu bleiben, bietet er Winston an, sich den Vorabdruck der neuesten Ausgabe des *Newspeak*-Wörterbuches bei ihm zu Hause abzuholen. Winston fasst das Gespräch als verschlüsselte Botschaft auf, sich dem Widerstand anzuschließen, ahnt aber ein unglückliches Ende voraus.

he speaks to him – keep pace – advance copy – a hidden message to join the conspiracy – he foresees an unhappy ending

Kapitel VII: Winstons Kindheitserinnerungen

Mit Tränen in den Augen erwacht Winston aus einem Traum und erzählt Julia, dass er indirekt der Mörder seiner Mutter sei. Nach dem Verschwinden des Vaters hatte seine Mutter Mühe, ihn und seine kleine Schwester zu versorgen. Winston quengelte während der kargen Mahlzeiten stets so lange, bis er etwas von den anderen abbekam, obwohl er wusste, dass die anderen verhungern müssten. Einmal hatte er seiner kleinen Schwester ihr Stückchen Schokolade entrissen und war damit aus dem Haus gelaufen. Bei seiner Rückkehr waren Mutter und Schwester für immer verschwunden.

Julia ist bei dieser Erzählung eingeschlafen. Außer bei den *Proles*, denkt Winston, gibt es keine Menschlichkeit mehr. Als er dies laut äußert, wacht Julia auf. Winston fürchtet, dass sie unter Folter ihre Liebe verraten könnten. Julia überzeugt ihn aber, dass man Gefühle nicht verraten kann. Bei diesen Worten schöpft Winston wieder Hoffnung.

mother's murderer – during their meagre meals – grumbled – he snatched chocolate from her – they might betray their love – torture

Kapitel VIII: Der Eintritt in die *Brotherhood*

Im Arbeitszimmer seiner Wohnung empfängt O'Brien Winston und Julia, die bitten, in die *Brotherhood* aufgenommen zu werden. O'Brien scheint darauf gewartet zu haben. Sie müssen versprechen, für die Verschwörung zu sterben, Verbrechen zu begehen und auch bereit zu sein, den anderen nie wieder zu sehen, was Julia nur zögernd verspricht. Winston folgt voller Bewunderung O'Briens weiteren Ausführungen, die darauf hinauslaufen, dass niemand der Gedankenpolizei entkommen könne. Erst in einer entfernten Zukunft würden die Ziele der Organisation erreicht sein. Julia geht danach, aber Winston bleibt noch bei O'Brien, der ihm erklärt, wie er das Buch mit Goldsteins Lehren erhalten werde. Schließlich sagt O'Brien: *"We shall meet again ..."* (S. 185).

study in a flat – promise – she agrees only hesitatingly – full of admiration – sentence from dream – in a distant future

Kapitel IX: Goldsteins Buch

Erschöpft von vielen Überstunden, ist Winston auf dem Weg zu seinem Versteck. In seiner Aktentasche ist das Buch, aber er hatte noch keine Zeit, es sich anzuschauen.

In Erwartung der öffentlichen Hinrichtung von 2000 angeblich eurasischen Kriegsverbrechern befand sich Winston während der Hass-Woche nachts inmitten einer fanatischen Menschenmenge. Ein Redner der *Inner Party* putschte die Menge auf, indem er die Greueltaten der Eurasier beschrieb. Unvermittelt jedoch, nachdem der Redner einen ihm zugesteckten Zettel überflogen hatte, war der Gegner *Eastasia* – und war es immer gewesen. In diesem Moment wurde Winstons Aktentasche gegen eine andere vertauscht, die das „Buch" enthielt. Hektische Tage der Arbeit waren gefolgt, denn wieder musste alles umgeschrieben werden.

exhausted – overtime – among a fanatical crowd – public hanging of war criminals – an orator whipped them up – atrocities – he carried straight on with his tirade

Das Buch beschreibt die drei Säulen der Herrschaft der Partei: *Ignorance is Strength, Freedom is Slavery* und *War is Peace*. Winston liest das erste Kapitel kurz an und blättert dann zum dritten Kapitel weiter. In der Analyse Goldsteins bedeutet *War is Peace*, dass im Zeitalter der Großstaaten Kriege geführt werden, um Ressourcen zu vernichten, die es der Bevölkerung ermöglichen würden, zu Wohlstand und Bildung zu kommen und damit das System zu gefährden. Gleichzeitig rechtfertigt der Krieg die Übertragung der Macht an eine kleine Führungsgruppe und sichert so deren Herrschaft.

Julia kommt und legt sich müde gleich aufs Bett; Winston liest ihr aus dem 1. Kapitel des Buches vor. Als Winston bemerkt, dass Julia eingeschlafen ist, legt er sich erleichtert zu ihr: Er ist nicht verrückt.

the practice of government – based on three pillars – flicks through – analysis – they are intended to destroy resources – affluence and education – endanger the system – justifies the transfer of power

Kapitel X: In der Falle

Winston und Julia haben das Gefühl, sehr lange geschlafen zu haben. Im Hinterhof singt wieder die *Prole*-Frau. Winston beachtet sie, während er sich anzieht, und findet sie schön. Das Leben hat sie so geformt, denkt er. Diesen Menschen gehörte die Zukunft. *"We are the dead"*, sagt Winston und Julia wiederholt seine Worte. *"You are the dead", said an iron voice behind them* (S. 230). Der Stahlstich fällt von der Wand – dahinter ein Bildschirm. Die Stimme wiederholt wie ein Echo von nun an alles, was Winston und Julia sagen, bis schwarz uniformierte Männer das Zimmer stürmen. Einer zerschmettert den gläsernen Briefbeschwerer am Kaminsims, ein anderer versetzt Julia einen Faustschlag in den Bauch. Winston rührt sich nicht. Zwei Männer schleppen Julia hinaus. Dann kommt Mr. Charrington herein und Winston erkennt, dass er es mit einem Mitglied der Gedankenpolizei zu tun hatte.

prole woman – trapped – they storm the room – smashes against the edge of the fireplace – a punch to the belly

Teil III (S. 235–311)

Kapitel I: Der Ort ohne Finsternis

Winston sitzt seit Stunden in einer hell ausgeleuchteten fensterlosen Zelle. Vier Bildschirme beobachten ihn. Er weiß weder wo er ist, noch ob es Tag oder Nacht ist. Nagender Hunger ist das einzige Gefühl, das er hat. Bevor er hierher kam, war er für kurze Zeit in einem normalen Gefängnis gewesen. Er weiß: Dies ist der Ort ohne Finsternis.

a windowless cell flooded in white light – gnawing hunger

Ab und zu geht die Tür auf und Gefangene werden in die Zelle gestoßen und nach einiger Zeit wieder herausgeholt. Einige kennt er, darunter auch Parsons, den seine Tochter verraten hat: *Down with Big Brother* habe er im Schlaf gesagt (S. 245). Zeitweilig sind mehrere Gefangene in der Zelle. Fast alle denken nur an das eigene Überleben; jedes Mitgefühl wird von den Wachen brutal unterdrückt.

Dann ist Winston wieder allein; vor Durst, Hunger und Bewegungslosigkeit hat er Schmerzen, deren Verdoppelung er aber ertragen wollte, wenn er Julia dadurch retten könnte. Dann kommt O'Brien herein. *"They've got you too!"* (S. 250), schreit Winston. Aber O'Brien ist kein Häftling.

his/her own survival – show no compassion – brutally suppressed – would accept a doubling of his pains if he could save her – the truncheon hits his elbow

Kapitel II: 2 + 2 = 5

Winston ist auf seinem Bett festgeschnallt, helles Licht scheint ihm ins Gesicht. Er erkennt O'Brien und eine andere Person. Sein Gefühl für Raum und Zeit hat er verloren, erinnert sich aber, dass er unter Misshandlungen und nach intensiven Verhören die absurdesten Geständnisse gemacht hatte. Irgendetwas sagt ihm, dass O'Brien von Anfang an lenkend und schützend beteiligt war.

strapped to the bed – lost all sense of time and space – brutal physical ill-treatment – intensive questioning – confession – O'Brien was involved – directing and protecting

Mit einem Gerät, das durch abgestufte Schmerzen Todesangst verursacht, unterzieht O'Brien Winston nun einem „Heilungsprozess von Wahnvorstellungen". So zeigt er ihm das Foto, das Winston einst als Beweis für die Fälschung der Vergangenheit vernichtet zu haben glaubte. Dann wirft O'Brien es in eine „Gedächtnislücke", um Winston zu beweisen, dass es nicht existiert und nie existiert hat. Die Wirklichkeit sei eine Frage des Bewusstseins und das Bewusstsein des Einzelnen sei subjektiv, nur die Partei habe ein kollektives und daher objektives Bewusstsein. Wahrheit sei, was die Partei für wahr befinde. Dann zeigt er ihm vier Finger seiner Hand und fragt Winston, wie viele Finger das seien. Winston sieht vier Finger. O'Brien: *"And if the Party says that it is not four but five – then how many?"* Winston: *"Four."* (S. 262) O'Brien setzt das Gerät ein, bis Winston schließlich nur noch unzählige Finger sieht.

an appliance – creates deadly fear by scaled degrees of pain – to cure him from insanity – proof of forgery – subjective and collective consciousness – innumerable fingers

Winston sei hier, um geheilt zu werden, wiederholt O'Brien. Die Partei schaffe keine Märtyrer: Ihre Gegner würden erst dann getötet, wenn sie *Big Brother* aus tiefstem Herzen liebten. Nach einem explosionsartigen Schock spürt Winston ein Gefühl der Leere im Kopf. O'Brien wiederholt jetzt den Test und Winston sieht nun tatsächlich fünf Finger. O'Brien ist zufrieden und Winston darf einige Fragen stellen. Er will wissen, was mit Julia geschehen ist, und erfährt, dass sie ihn sofort verraten habe. Auf seine Frage nach Raum 101 antwortet O'Brien, dass jeder wisse, was dort geschehe.

here to be cured – no martyrs – love Big Brother – Winston's ordeal – shock – emptiness – Julia betrayed him – injection makes him fall into a deep sleep

Kapitel III: Der letzte Mensch

Lernen, Verstehen und Glauben seien die drei Stufen zu Winstons Wiedereingliederung, erklärt O'Brien. Winston ist nach unzähligen Sitzungen immer noch auf das Bett geschnallt, aber die Fesseln sind lockerer. O'Brien klärt Winston diesmal schonungslos über die wirklichen Motive der Parteiherrschaft auf. Diese sei auf ewig angelegt und die Hoffnung auf die *Proles* sei eine Illusion. Goldsteins Buch habe die Partei selbst verfasst. Winstons Vermutung, die Macht werde zum Wohle der Bevölkerung ausgeübt, wird mit einem Stromstoß bestraft. *"That was stupid, Wins-*

ton, stupid!" (S. 275), sagt O'Brien. Winston müsse begreifen, dass die Partei um der Macht willen an der Macht sei. Macht heiße aber, Macht über Menschen zu haben. Macht über Menschen bedeute, dass man ihnen Leiden, Schmerz und Erniedrigungen zufügen, sie nach Belieben formen könne. Daher liege die Zukunft der Menschheit in einem Fortschritt hin zu mehr Unbarmherzigkeit und Leiden.

his bonds are looser – welfare – power for power's sake – the future is not in bringing happiness – a progression towards more mercilessness and suffering

Winston widerspricht. Er glaubt immer noch an unzerstörbare Werte, die im Menschen angelegt seien, und gibt O'Brien zu verstehen, dass er sich moralisch überlegen fühlt. O'Brien erinnert Winston daran, was er beim Eintritt in die *Brotherhood* versprochen hatte. Dann befiehlt er ihm, sich auszuziehen. Am Ende des Raumes steht ein Spiegel. Winston ist entsetzt, als er sich zum ersten Mal seit seiner Verhaftung sieht: ein körperliches Wrack, ein schmutziges Häuflein Elend. O'Brien verhöhnt ihn: *"That is the last man. If you are human, that is humanity"* (S. 285). Winstons Selbstbewusstsein ist zerstört; nur der Gedanke, Julia nicht verraten zu haben, tröstet ihn noch. O'Brien gibt das zu und wieder fühlt Winston sich von ihm verstanden. Er fragt, wann man ihn erschießen werde. Nach seiner Heilung, antwortet O'Brien.

he contradicts – indestructable values – O'Brien reminds him – a physical wreck, a picture of misery – he derides him

Kapitel IV: Der Geist ist willig …

Winston ist jetzt in einer angenehmeren Zelle und wird gut versorgt. Man gibt ihm sogar etwas zum Schreiben, aber zunächst will er nur allein sein, schlafen und träumen – vom *Golden Country*. Nach und nach kommt Winston wieder zu Kräften und auch sein Intellekt regt sich wieder.

Sein Auflehnungsversuch gegen die Partei kommt ihm nun überheblich vor. Er muss lernen zu denken wie sie. Winston übt also *doublethink*. Die ersten Worte, die er schließlich niederschreibt, sind *FREEDOM IS SLAVERY* und *TWO AND TWO MAKE FIVE*; dann: *GOD IS POWER* (S. 290). Trotz seiner Fortschritte ist er nicht voll bei der Sache, sondern denkt an Erlösung durch den Tod. Einmal träumt er von Julia und wacht erschrocken auf: Er hat sich schreien hören: *"Julia, Julia, Julia, my love! Julia!"* (S. 293), und beim Aufwachen tiefe Liebe zu ihr gespürt. Das heißt für ihn, dass er die Partei nur mit dem Kopf anerkennt: Seine Gefühle haben sich nicht verändert. Winston stellt sich seinen letzten Gedanken vor der Hinrichtung vor: Hass. Die Partei wäre gescheitert.

Kurz darauf kommt O'Brien in die Zelle. Er wirft Winston Betrug vor und will eine wahre Auskunft über Winstons Gefühle für *Big Brother*. *"I hate him"* (S. 295), antwortet dieser. Dann sei die Zeit reif für den letzten Schritt, meint O'Brien. *"It is not enough to obey him: you must love him"* (S. 295). Er befiehlt, Winston in Raum 101 zu führen.

his attempt to oppose the Party seems arrogant to him – learn to think like them – his feelings had survived – scenario of his execution – they would have failed – fraudulent thoughts

Kapitel V: Die andere Seite der dunklen Wand

In Raum 101 ist Winston auf einem Stuhl vom Kopf bis zu den Füßen so festgeschnallt, dass er nicht die geringste Bewegung machen kann. *"The thing that is in Room 101 is the worst thing in the world"* (S. 296), erklärt O'Brien. Eine Wache stellt einen der Länge nach zweigeteilten Käfig auf einem kleinen Tisch ab: Am Ende des Käfigs ist eine Art Fechtmaske und in jeder seiner Kammern sitzt eine Ratte. O'Brien fährt fort: Das „Schlimmste" sei für jeden etwas anderes, für Winston seien es Ratten. Er erinnert Winston an seinen Traum von der Wand aus Dunkelheit und dem

Entsetzlichen, das sich dahinter verbarg: Es waren Ratten. Es gebe Ängste, sagt O'Brien, die Überlebensreflexe auslösen, egal ob man mutig oder feige sei. Selbst wenn er wolle, könne Winston seine Angst vor Ratten nicht kontrollieren. Er werde daher tun, was man von ihm verlange.

strapped from head to foot – a cage divided lengthways – fencing mask – in his case it was rats – there are fears that simply trigger a survival reflex

Winston ist bereit, alles zu tun, wenn er nur wüsste, was. Statt einer Antwort hält O'Brien einen Vortrag über das Verhalten ausgehungerter Ratten und wie sich die Ratten mit ihren Zähnen in Winstons Gesicht hineinbohren würden. Der Käfig wird an Winstons Kopf befestigt. Fast ohnmächtig und wahnsinnig vor Angst sucht er nach einem Ausweg und plötzlich bricht es aus ihm heraus: *"Do it to Julia! […] Not me! Julia!"* (S. 300) Nur noch im Unterbewusstsein hört er ein Klicken und weiß, dass die Käfigtür verriegelt worden ist.

he gives a lecture on the behaviour of starved rats – they will bore their teeth into his face – almost fainting and mad with fear – he seeks a way to escape – it bursts out of him – subconscious – door has been bolted

Kapitel VI: Ende im *Chestnut Tree Café*

Winston verbringt seine Zeit im *Chestnut Tree*. Man kennt hier seine Gewohnheiten und ein Kellner bringt ein Schachbrett und die *Times* und füllt von Zeit zu Zeit unaufgefordert Gin nach. Zwar ekelt ihn der Gingeruch, aber er trinkt ihn trotzdem: *it had become the element he swam in* (S. 307). Gedankenabwesend malt er 2+2=5 in den Staub auf den Tisch. Er denkt an Julias Worte: *"They can't get inside you." […] But they could get inside you* (S. 303).

a chess board and the latest "Times" – unbidden a waiter fills up his glass – the smell makes him feel nauseous

Zufällig hatte er Julia an einem frostigen Märztag in einem Park getroffen. Ohne Reue hatten sie sich gestanden, den anderen verraten zu haben. *"All you care about is yourself"* (S. 305), sagte Julia. Er begleitete sie noch zur U-Bahn und wollte sich mit ihr verabreden, aber für einen Augenblick dachte er ans warme *Chestnut* und schon hatte er sie aus den Augen verloren. Ihre Worte waren ihm im Gedächtnis geblieben: Ja, er hätte sie den — zum Fraß vorgeworfen.

Vom Bildschirm kommt das Lied *Under the spreading chestnut tree* (S. 307). Winston steigen die Tränen in die Augen. Niemand kümmert sich mehr um ihn, er kann machen, was er will. Er hat einen gut bezahlten, sinnlosen Job, der ihm viel Freizeit lässt. Kindheitserinnerungen tauchen auf, aber er verwirft sie als falsch und will sich wieder dem Schachbrett zuwenden, als eine Meldung vom Bildschirm verkündet: *Oceania* hat einen entscheidenden Sieg errungen! Winston schaut durch das Fenster auf das gegenüber angebrachte Riesenposter von *Big Brother*. Die Rührung und Dankbarkeit, die ihn dabei überkommen, zeigen ihm, dass er geheilt ist. Nun war alles gut: *He had won the victory over himself. He loved Big Brother* (S. 311).

he had seen her accidentally – without remorse – he would have fed her to the rats – he discards it as a false memory – a decisive victory – emotion and gratitude – he is healed

Anhang: Die Grundsätze von *Newspeak*

Durch *Newspeak* sollten Gedanken und deren Formulierung nur noch im Rahmen der *Ingsoc*-Ideologie möglich sein und Abweichungen davon buchstäblich undenkbar werden. Dies geschah durch die Verringerung des Wortschatzes und/oder die Festlegung eines mehrdeutigen Wortes auf einen einzigen Sinn. Die Wörter waren in A-, B- und C-Wortschatz aufgeteilt, die Grammatik wurde radikal vereinfacht.

Der Hintergrundteil und die Lesetipps dieses Bandes sollen Ihnen helfen, einen klaren „Durchblick“ bei der Behandlung des Romans im Unterricht zu bekommen.

✔ Wie verschaffen Sie sich schnell einen Überblick über Inhalt, Aufbau und Probleme des Romans?

Hierfür sind die **Schaubilder** zu den Personen und dem Aufbau des Romans gedacht.

✔ Welche Bestandteile des Inhalts sind für die Interpretation von Bedeutung?

Hierzu finden Sie im Teil **Interpretation** Hinweise
- zur **Charakteristik** der wichtigsten Romanfiguren;
- zur Deutung der wichtigsten verwendeten **Symbole**;
- zum **historischen Hintergrund** des Romans;
- zum Genre **„utopischer Roman“**, die für das Verständnis von »1984« aufschlussreich sind.

Vergessen Sie aber nicht, dass letzten Endes Ihre **eigene Deutung** wichtig ist!

✔ Welche sprachlichen Mittel verwendet der Autor?

Wesentliche Merkmale mit Beispielen finden Sie im Abschnitt **Die sprachliche Form**.

✔ Muss man das Leben des Autors bei der Interpretation seines Werkes berücksichtigen?

Vergleichen Sie hierzu die Abschnitte **Autor und Werk** und **Der Text in seiner Zeit**. Verschaffen Sie sich selbst eine Meinung.

✔ Auf welche Aufgaben sollten Sie vorbereitet sein?

Mit **Aufgaben und Lösungstipps, questions and suggested answers,** können Sie für Hausaufgaben und Klausuren trainieren.

George Orwell
*** 25. Juni 1903 in Motahari (Bengalen/Indien)**
† 21. Januar 1950 in London

Orwells Werk ist von seiner Biografie nicht zu trennen. Stets hat er sich als politischer Autor verstanden, der auf die Erhaltung der Würde des Menschen hinwirken wollte[1], die er gefährdet sah. Geprägt war er von den nach dem 1. Weltkrieg in England unter Intellektuellen vorherrschenden Ideen des Sozialismus. Mehr noch aber waren die Werte des Humanismus und der Freiheit des Individuums sein Maßstab.

Als Sohn eines höheren Kolonialbeamten genoss er die Privilegien der englischen Mittelschicht, vor allem den Zugang zu privaten Eliteschulen. Nach seinem Abschluss in Eton ging er in den Kolonialdienst nach Indien. Seine Erfahrungen hier führten zum Bruch mit dem Bürgertum und dem Beginn seiner Laufbahn als Schriftsteller.

as a political author	als politischer Autor
dignity of the human individual	Würde des Individuums
formed by	geprägt von
predominant ideas	vorherrschende Gedanken
a senior colonial officer	höherer Kolonialbeamter
to lead to a split/break	zum Bruch führen

1 Willi Erzgräber. Utopie und Anti-Utopie in der Englischen Literatur, 2. Aufl. München 1985, S. 16; vgl. Lesetipps S. 40.

1903: Orwell wird als Eric Arthur Blair am 25. Juni in Motahari geboren.
1904: Die Mutter kehrt mit Eric und seiner Schwester nach England zurück, der Vater folgt 1912 nach seiner Pensionierung.
1911–1921: Nachdem Eric Blair eine private Vorbereitungsschule durchlaufen hat, gewinnt er ein Stipendium für die Eliteschule Eton, die er ab 1916 besucht. Im Dezember 1921 macht er hier seine Abschlussprüfung.
1922–1927: Eric Blair dient in der Indian Imperial Police und macht sich Aufzeichnungen über seine Einsätze in Burma.
»Burmese Days« (1934) über die Praktiken der englischen Kolonialverwaltung.

prep(aratory) school	Vorbereitungsschule
to win a grant	ein Stipendium gewinnen
public school	Privatschule (UK)
he passes his final exam	er besteht seine Abschlussprüfung
he serves in	er dient in
he makes notes on	er macht Aufzeichnungen über
the practice of	die Praxis/Praktiken von

1927–1932: Nach seinem Austritt aus dem Kolonialdienst völlig mittellos, lebt Orwell unter den Ärmsten der Armen im East End von London. 1928 geht er nach Paris, wo er sich mit Gelegenheitsjobs durchschlägt. Frühjahr 1929 schwere Lungenentzündung und Behandlung in einem Armenhospital. Im Dezember Rückkehr nach England, wo er 1930 zeitweise als Vagabund lebt und sich durch allerlei Gelegenheitsarbeiten, u. a. als Landarbeiter, durchschlägt. 1932 gelingt es ihm, eine Stelle als Lehrer zu bekommen.
»Down and Out in Paris and London« (1933) über seine Eindrücke in beiden Städten.
»A Clergyman's Daughter« (1935); Roman, in den er auch seine Eindrücke als Landarbeiter einarbeitet.
»Keep the Aspidistra Flying« (1936); Roman, deren Personen charakteristische Eigenschaften einfacher Menschen zeigen.

1933–1936: Eric Blair entscheidet sich 1933 für den Schriftstellernamen **George Orwell**. Von Januar bis März 1936 beobachtet er im Auftrag seines Verlegers vor Ort die Lebens- und Arbeitsbedingungen in einem nordenglischen Industriegebiet. Noch bevor die endgültige Fassung seiner Eindrücke vom Frühjahr endgültig vorliegt, entscheidet er sich im Dezember 1936, nach Spanien zu gehen. Dort hatte im Juli der Bürgerkrieg begonnen. Orwell will in den Internationalen Brigaden gegen die Faschisten kämpfen. In der Sowjetunion haben inzwischen die stalinistischen Säuberungen und Schauprozesse gegen trotzkistische Abweichler begonnen.
»The Road to Wigan Pier« (1937), Sozialreportage über das Leben der nordenglischen Industriearbeiter.

without any means of support	völlig mittellos
casual jobs	Gelegenheitsarbeiten
he got by	er schlug sich durch
pneumonia	Lungenentzündung
hospital for the poor	Armenhospital
tramp	Vagabund; Landstreicher
farmhand	Land(hilfs)arbeiter
pen name; pseudonym	Schriftstellername; Pseudonym
publisher	Verleger
civil war	Bürgerkrieg
to fight the Fascists	die Faschisten bekämpfen
Stalinist purges	stalinistische Säuberungen
show trial	Schauprozess
Trotskyite deviants	trotzkistische Abweichler
social commentary	Sozialreportage

1937–1938: Orwell kämpft ab Januar 1937 in Spanien und erlebt hier den Terror der von Stalin unterstützten spanischen Kommunisten gegen Abweichler. Im Mai wird Orwell schwer verwundet und muss mehrere Wochen in einem Lazarett verbringen. Da er ebenfalls zu den Abweichlern gezählt wird, flieht er im Juni nach Frankreich und kehrt nach England zurück. Eine offene Tuberkulose zwingt ihn von September 1938 bis März 1939 zu einem Aufenthalt in Marokko.

»Homage to Catalonia« (1938) über den Freiheitswillen des spanischen Volkes und seine Erfahrungen im Bürgerkrieg.
»Coming up for Air« (1939), Roman, in dem die Jugend des Helden vor dem 1. Weltkrieg verglichen wird mit der Zeit der sozialen und politischen Erschütterungen danach.
1939–1945: Das Bündnis der Erzfeinde Hitler und Stalin am 23. August 1939 und der eine Woche später ausbrechende 2. Weltkrieg machen Orwell zum Patrioten. Er verfasst mehrere Schriften über Faschismus und Stalinismus und setzt sich für die Verteidigung der Werte der englischen Demokratie ein. Ab 1942 arbeitet er für die BBC. Kurz vorher musste er erleben, dass sich nach dem Überfall Hitlers auf die UdSSR in Churchill und Stalin erneut zwei Todfeinde verbünden. Im November 1943 verlässt er die BBC und arbeitet bis Februar 1945 für eine Zeitung. Im Juni des Jahres wird sein Haus durch einen Luftangriff zerstört. Das Ende des Krieges erlebt Orwell als Kriegsberichterstatter in Deutschland.
»Animal Farm« (1945), Fabel über den Aufstand von Farmtieren gegen die Ausbeutung durch den Menschen. Bald schon errichten jedoch die Schweine ein System noch schlimmerer Ausbeutung und werden Menschen immer ähnlicher.
1946–1950: Orwell zieht sich 1946 auf die schottische Insel Jura zurück. Hier schreibt er »Nineteen Eighty-Four«, das 1949 erscheint. Im Januar, als Weltruhm sich abzuzeichnen beginnt, stirbt er an den Folgen seiner Tuberkulose.

injured	verwundet
military hospital	Lazarett
an outbreak of tuberculosis	eine offene Tuberkulose
social disruptions	soziale Erschütterungen
alliance of the arch-enemies	Bündnis der Todfeinde
outbreak of World War II	Ausbruch des 2. Weltkrieges
air raid	Luftangriff
war correspondent	Kriegsberichterstatter
exploitation by humans	Ausbeutung durch Menschen
establish a system	ein System errichten
he begins to enjoy worldwide renown	er genießt Weltruhm

April 1984 Kälte	Mai bis Juni Sonne und Wärme
Isolation, Einsamkeit Auflehnung	Winstons Liebesverhältnis zu Julia
Suche nach der Wahrheit in der Vergangenheit Winstons Krampfader	Sicherheit im gläsernen Briefbeschwerer Liebe + Sexualität = Leben „Wahrheit" in Goldsteins „Buch"
1 Winston und sein Tagebuch. Das Mädchen. O'Brien 2 Familie Parsons 3 Träume von der Mutter und vom *Golden Country* 4 Wahrheitsministerium: Fälschung der Vergangenheit 5 Kantinengespräche. *Newspeak* 6 Die alte Prostituierte. Ehe und Sex 7 Die *Proles.* Beweis für Geschichtsfälschung 8 Briefbeschwerer in Charringtons Trödelladen. Kinderreim	1 Botschaft des Mädchens. Treffen und Verabredung 2 *The Golden Country.* Winston und Julia 3 Treffen im Kirchturm 4 Zimmer bei Mr. Charrington. Liebe und Ratten 5 Vorbereitungen zur Hass-Woche 6 O'Brien lädt Winston ein 7 Kindheit und Schuldgefühle. Menschlichkeit der *Proles* 8 Winston und Julia bei O'Brien 9 Die Hass-Woche. Das „Buch" 10 Die Falle. Der Briefbeschwerer wird zertrümmert
Kapitel 1–8 **Teil I**	**Kapitel 1–10** **Teil II**

Kapitel 1–5	Kapitel 6	Appendix	
Teil III			
erlust des Gefühls on Zeit und Raum	April? 1985 Kälte	Rückschau aus der Zukunft	**Zeitliche Ebene**
ie Zerstörung Winstons hnmacht des Einzelnen	Isolation Resigna- tion	Sprache der Macht	**Thematik**
rt ohne Dunkelheit ie Ratten üge ist Wahrheit	Lied vom „Chestnut Tree“		**Symbolische Ebene**
Winstons Zelle. Der wahre O’Brien Folter. „Lernen“: 2+2=5 „Verstehen“: Das „Buch“ und die Partei Winston erholt sich und versteht *Room 101:* Die Rattenfolter	6 „Akzeptieren“. Wiedersehen mit Julia. Winston liebt *Big Brother*		**Inhaltliche Ebene**

Merkmale

Innerer Monolog (stream of consciousness)

••• gibt dem Leser den Eindruck des Flusses von Gedanken, Gefühlen und Erinnerungen einer Romanfigur. Da die Geschichte aus der Perspektive Winston Smiths erzählt wird, erleben wir seine Gedanken- und Gefühlswelt. Eine im modernen Roman weit verbreitete Erzähltechnik.

Winstons Tagebuch

••• der für einen (fiktiven) Leser, z. B. Nachwelt oder Gedankenpolizei, zugängliche Ausdruck dessen, was Winston nicht offen äußern kann. Es ist das Ergebnis von Winstons widersprüchlichen Gedanken und Gefühlen, die der Leser durch die Form des inneren Monologs kennt.

***Newspeak*, die Sprache der Macht**

••• die von Orwell entworfene Kunstsprache, die das in seinen Bedeutungs- und Gefühlsvarianten vielschichtige Englisch eines Tages ablösen soll, die zum Zeitpunkt der Handlung des Romans aber noch der Jargon einer Elite ist.

Paradoxon (paradox)

••• eine Aufmerksamkeit erregende, weil scheinbar in sich widersprüchliche oder absurde Aussage, die sich bei näherem Überlegen aber als wohl begründet erweist.

Phonetische Schreibweise (phonetic spelling)

••• um die charakteristischen Sprechweisen verschiedener Gesellschaftsschichten kenntlich zu machen, hier die der *Proles*: Ihr (sozial deklassierender) Akzent sowie ihre simple Denkweise werden durch die Schreibweise nachgeahmt.

Beispiele

- *Winston succeeded in transferring his hatred […] to the dark-haired girl behind him. […] He would flog her to death with a rubber truncheon. He would tie her naked to a stake and shoot her full of arrows like Saint Sebastian.* (S. 17)

- *He was already dead, he reflected. It seemed to him […] that he had taken the decisive step. […] He wrote: "Thoughtcrime does not entail death: thoughtcrime IS death."* (S. 30)

- *"times 3.12.83 reporting bb dayorder doubleplusungood refs unpersons rewrite fullwise upsub antefiling"*
  In Oldspeak […] this might be rendered:
  "The reporting of Big Brother's Order for the Day in the Times *of December 3rd 1983 is extremely unsatisfactory and makes references to non-existent persons. Re-write it in full and submit your draft to higher authority before filing."* (S. 46 f.)

- *WAR IS PEACE*
  FREEDOM IS SLAVERY
  IGNORANCE IS STRENGTH. (S. 6)

- *"Beg pardon, dearie," she said. "I wouldn't 'a sat on you […]. They dono 'ow to treat a lady, do they?"* (S. 239)

In seinen letzten literarischen Werken »Animal Farm« und »1984« zieht Orwell die Summe seiner Erfahrungen und wendet sich nach den Erlebnissen im spanischen Bürgerkrieg zunächst zögernd, nach dem Beginn des 2. Weltkrieges jedoch eindeutig vom dogmatischen Sozialismus ab. Er wird zum Verfechter traditioneller englischer Werte, die in seinen Augen die Freiheit des Einzelnen am besten zu garantieren scheinen.

Welche Verhältnisse hier kritisiert werden sollten, war auch den Zeitgenossen klar, ob sie Orwells Kritik nun folgten oder nicht.

In den Moskauer Schauprozessen 1936 hatte Stalin die KPdSU praktisch von allen alten Führern der Oktoberrevolution gesäubert und sich selbst zum Alleinherrscher des „Arbeiterparadieses“ aufgeschwungen. Eine ihm ergebene Funktionärsschicht genoss Privilegien und die Masse der Bevölkerung musste unter armseligen Lebensumständen für das Ziel der Industrialisierung des Landes arbeiten. Der Hitler-Stalin-Pakt 1939 zeigte, dass beide Diktatoren Machtinteressen höher bewerteten als ideologische Ziele. Orwell musste es erstaunen, dass linke Intellektuelle und die kommunistischen Parteien Europas allen Winkelzügen Stalins willig folgten und ihn kritiklos als Vaterfigur verehrten.

to sum up his experiences	Summe der Erfahrungen ziehen
he turns away from	er wendet sich ab von
he becomes a champion of	er wird zum Verteidiger von
show trial	Schauprozess
to purge of	säubern von
October Revolution	Oktoberrevolution (1917)
sole leader	Alleinherrscher
a devoted class of functionaries	ergebene Schicht von Funktionären
to follow his tricks	seinen Winkelzügen folgen
to revere as a father figure	als Vaterfigur verehren

Auch in England stand ein Teil der intellektuellen Elite links und betrachtete Orwell seit seiner Wandlung zum englischen Patrioten mit Misstrauen. So war es nach Beginn des Kalten Krieges nicht verwunderlich, dass »1984« bei seinem Erscheinen im Juni 1949 ins Kreuzfeuer des Meinungsstreites geriet. Für die einen war es eine glaubhafte Darstellung der Unmenschlichkeit des Kommunismus, für die anderen war es lediglich Ausdruck der Depressionen eines todkranken Autors[1].

the intellectual elite was left-wing	die intellektuelle Elite stand links
Cold War	der Kalte Krieg
to come under fire from all sides	ins Kreuzfeuer geraten
a credible account	glaubwürdige Darstellung
inhumanity	Unmenschlichkeit
a terminally ill author	ein todkranker Autor

Im Bewusstsein einer breiten Öffentlichkeit jedoch wurde allein schon der Titel des Romans zu einer Metapher für eine vom Totalitarismus bedrohte Zukunft. Von Orwell für diesen Roman geprägte Begriffe und Redewendungen wie *thoughtcrime*, *doublethink*, *Big Brother is watching you* fanden Eingang in den englischen Wortschatz[2]. Zusammen mit »Brave New World« von Aldous Huxley ist »1984« einer der utopischen Romane des 20. Jahrhunderts. Auch heute kann man politische Systeme finden, die dem *Big Brother*-Staat erstaunlich nahe kommen, z. B. das kommunistische Nord-Korea.

in the mind of the general public	im Bewusstsein der Öffentlichkeit
a metaphor	eine Metapher
an ominous future	eine bedrohliche Zukunft
to coin	prägen
it comes closest to	es kommt … am nächsten

1 Vgl. W. Erzgräber, Utopie, S. 171 f.; vgl. Lesetipps, S. 40.
2 Abraham H. Lass (Hrsg.), A Student's Guide to 50 British Novels, Washington Square Press 1970, S. 348.

»1984« spielt von seinem Erscheinungsdatum 1949 aus gesehen in naher Zukunft. Insofern kann man das Werk in die große Gruppe der **Zukunftsromane** einordnen.

Allerdings gerät es damit in die Nähe der Science-Fiction-Literatur und deren Abkömmling, der „Space Opera". Zwar enthält »1984« Elemente von Science-Fiction, d. h. *that branch of literature which deals with the response of human beings to advances in science and technology*[1], wie z. B. Polizeihubschrauber, die in den Straßen Londons herumfliegen (S. 4), die allgegenwärtigen Bildschirme, das *Speakwrite* (S. 40), die *Novel Writing Machines* (S. 136), der *Versificator* (S. 144) und die *Floating Fortresses* (S. 194). Ansonsten wird eher eine Welt beschrieben, die der zeitgenössische Leser schon kannte und die sich sogar technologisch zurückentwickelt zu haben schien[2]. Es sind auch nicht diese technischen Entwicklungen – mit Ausnahme vielleicht des Bildschirms –, auf die der Mensch reagieren muss, sondern ein **gesellschaftliches und politisches System**.

utopian novel	Zukunftsroman
offspring	Abkömmling
post-war period	Nachkriegszeit
it has regressed	sie hat sich zurückentwickelt

Damit steht »1984« in der Tradition der Linie der Zukunftsliteratur, die ihren Namen von der Beschreibung der besten und glücklichsten aller Gesellschaften auf der – nicht existenten – Insel ***Utopia*** hat, die der englische Humanist **Thomas Morus** 1516 veröffentlichte. Sie hat ihren Ursprung bereits in der Antike und ist dadurch gekennzeichnet, dass sie versuchte, das Bild des idealen Staatswesens zu entwerfen[3]. So bezeichnet der Begriff **Utopie** denn auch seit Morus einen für die Zukunft anzustrebenden Idealzustand, obgleich die Wahrscheinlichkeit seiner Verwirklichung unrealistisch erscheinen mag.

1 J. T. Shipley, Dictionary of World Literary Terms, Oxford 1970, S. 291f. (unter science fiction).
2 Vgl. auch W. Erzgräber, Utopie, vgl. Lesetipps, S. 40.
3 Shipley, a. a. O., S. 350f. (unter utopian literature).

the best of all worlds	die beste der Welten
it has its origin in classical antiquity	sie hat ihren Ursprung in der Antike
characterized by	gekennzeichnet durch
the ideal state	das ideale Staatswesen
to aim for an ideal	ein Ideal anstreben
the probability of its realisation	die Wahrscheinlichkeit der Verwirklichung

Der von Morus erfundene Name ist jedoch ein Wortspiel, das zwei Lesarten zulässt: der nicht existierende Ort (outopia) und der glückliche Ort (eutopia)[1]. Zwischen diesen beiden Polen hat sich die utopische Literatur seitdem angesiedelt, wobei sich die Vorstellung einer Flucht aus der Wirklichkeit mit der einer Verbesserung der Wirklichkeit häufig überschneidet. Im 19. Jahrhundert kam der Begriff der **konkreten Utopie** durch die Schriften von Karl Marx und Friedrich Engels hinzu[2] und im 20. Jahrhundert entstand die Form der **Anti-Utopie** oder ***Dystopia***, die im Hinblick auf das Entwicklungspotenzial der Gegenwart ein pessimistisches Bild der Zukunft zeichnet. Obwohl die Anti-Utopie gewissermassen auf Vorschläge zur Verbesserung der Gegenwart verzichtet, will sie jedoch gerade durch ihre Schreckensszenarien gegenwärtige Entwicklungen bremsen, die in einer Katastrophe enden könnten. Herausragende Werke dieser Gattung sind Aldous Huxleys »Brave New World« (1932) und George Orwells »1984« (1949), die heute gleichermaßen für die gesamte utopische Literatur stehen.

play on words	Wortspiel
it has two possible meanings	es lässt zwei Bedeutungen zu
escape from reality	Flucht aus der Wirklichkeit
concrete Utopia	wissenschaftliche/konkrete Utopie

1 Shipley, a. a. O.; s. auch W. Erzgräber, a. a. O., S. 13f., vgl. Lesetipps, S. 40.

2 Friedrich Engels, Die Entwicklung des Sozialismus von der Utopie zur Wissenschaft, Hottingen-Zürich 1882 (Erstauflage in deutscher Sprache).

Orwells Werk ist geprägt von einem in verschiedenen literarischen Variationen (Essay, autobiografische Reportage, Roman, Fabel) immer wiederkehrenden ernsthaften Interesse an der Freiheit des Menschen und seinem Bedürfnis nach „Streben nach Glück" und sozialer Würde.

Wenn man sich einen Überblick über die Entwicklung dieser Ideen verschaffen will, sollte man wenigstens eine seiner autobiografisch geprägten Schriften lesen:
Down and Out in Paris and London. 1933. Penguin Books, 1968. Deutsch: *Erledigt in Paris und London*, Diogenes Verlag, Zürich 1978;
Burmese Days. 1934. Penguin Books, 1967. Deutsch: *Tage in Burma*, Diogenes Verlag, Zürich 1996;
The Road to Wigan Pier. 1937. Penguin Books, 1966. Deutsch: *Der Weg nach Wigan Pier*, Diogenes Verlag, Zürich 1982;
Homage to Catalonia. 1938. Penguin Books, 1962. Deutsch: *Mein Katalonien*, Diogenes Verlag, Zürich;
und natürlich das »1984« vorausgehende
Animal Farm. 1945. Penguin Books, 1968. Deutsch: *Farm der Tiere*, Diogenes Verlag, Zürich 1995.

Weiterführende Literatur über Orwell und das Genre des utopischen Romans in England:
Michael Shelden, George Orwell. Eine Biographie. Diogenes Verlag, Zürich 1993.
Hans-Christoph Schröder. George Orwell. Eine intellektuelle Biographie, Verlag C. H. Beck, München 1988.
Willi Erzgräber. Utopie und Anti-Utopie in der englischen Literatur, W. Fink Verlag, 2. Auflage München 1985.

Gewissermaßen als Gegenmodell zu »1984« unbedingt zu empfehlen die andere Anti-Utopie des 20. Jahrhunderts:
Aldous Huxley, Brave New World. 1932. Penguin Books, 1974. Deutsch: *Schöne neue Welt*, Fischer Taschenbuch Verlag, Frankfurt a. M. 1981.

Übersetzungen von »1984« ins Deutsche

Es liegen zwei Übersetzungen vor, beide im Ullstein Verlag, Berlin erschienen:

a) George Orwell, 1984. Übersetzt von Kurt Wagenseil. 31. Auflage 1999 [Ullstein 22562] und
b) George Orwell, 1984. Neu übersetzt von Michael Walter (1984). 17. Auflage 1998 [Ullstein 23410].

Abgesehen von der besseren optischen Lesbarkeit der Ausgabe b), bemüht sich die neue Übersetzung um eine größere Nähe zum englischen Originaltext, während die Übersetzung von Wagenseil sich einige Freiheiten und Ungenauigkeiten erlaubt. Vergleichen Sie die folgenden Auszüge mit dem Original (S. 21):

> a) *sie werden mich erschießen, wenn ich nicht aufpasse sie werden mich mit einem Genickschuss erschießen wenn ich nicht aufpasse […] mir ist es egal nieder mit dem großen Bruder* (S. 21)
>
> b) *sie werden mich abknallen mir ganz wurscht mit einem genickschuss werden sie mich abknallen mir ganz wurscht […] mir ganz wurscht nieder mit dem großen bruder* (S. 27)

Letzte Verfilmung
»1984« mit John Hurt (Winston), Richard Burton (O'Brien), Suzanna Hamilton (Julia). Regie: Michael Redford. Virgin Productions, 1984.

Interpretation

Es geht in »1984« um die Frage, ob der Einzelne eine Chance hat, sich dem totalitären Herrschaftsanspruch eines allmächtigen Staates entziehen oder gar widersetzen zu können. Beides versucht Winston Smith und scheitert kläglich. Schließlich triumphiert der Staat sogar über Winstons Willen und Verstand.

1. Die Personen

1.1 Winston Smith

Er ist die Zentralfigur des Romans. Der Allerweltsname „Smith" deutet darauf hin, dass er ein Durchschnittsmensch ist. Den Vornamen Winston verbanden Orwells Zeitgenossen jedoch mit Winston Churchill, dessen verbissener Widerstandswille gegen Hitler England während des 2. Weltkrieges durchdrang.[1] Damit ist bereits die Persönlichkeit Winstons umrissen: Wie alle Menschen sehnt er sich nach Liebe, Glück und einem gewissen Maß an materiellem Wohlstand. Auch in seinen Schwächen ist er ein Durchschnittsmensch. Am besten beschreibt er sich indirekt selbst, als er das Idealbild des Parteimenschen in dem von ihm erfundenen Ogilvy entwirft: *He was a total abstainer and a non-smoker* (S. 50). Winston ist das völlige Gegenteil dieser in ihrer Perfektion komischen Idealfigur: Er raucht, trinkt, hat sexuelle Bedürfnisse und Ängste, er neigt auch nicht zu Heldentum; und als er ein Held sein möchte, nämlich bei der Übernahme von Julias Schmerzen (vgl. S. 250), kuriert ihn der Schlag des Knüppels sofort von dieser Illusion: *Never, for any reason on earth, could you wish for an increase of pain. […] In the face of pain there are no heroes* (S. 251). So bricht er schon bei der physischen Folter zusammen und ist zu allem bereit (vgl. S. 252f.). Das Erpressen von Geständnissen ist jedoch nicht O'Briens Ziel: Er weiß, dass Winston nichts zu gestehen hat. Seine Persönlichkeit soll

1 Vgl. W. Erzgräber, Utopie, S. 186f., vgl. Lesetipps, S. 40.

zerstört werden, aber dem setzt Winston hartnäckigen Widerstand entgegen, der erst durch die äußerste Folter gebrochen wird. So ist er denn auch nach seinen eigenen Kriterien nach dem Verrat an Julia kein Mensch mehr, sondern eine jener Leichen, die auf ihr Grab warten (vgl. S. 79).

Winston sucht eher in der Vergangenheit als in der Zukunft, was ihm die Gegenwart verweigert. Sein Problem ist, dass er nicht weiß, ob die Vergangenheit, so wie er sich ihrer erinnert, wirklich existiert hat. Vielleicht hatte die Partei ja doch Recht mit dem, was sie über die Vergangenheit behauptete (vgl. S. 36f.)? Hartnäckig versucht er jedoch, die Wahrhaftigkeit seiner Empfindungen und Erinnerungen zu verteidigen und zu beweisen, allein schon, um nicht verrückt zu werden (vgl. S. 62, S. 83f., S. 226). Dem dient auch das Tagebuch, in dem Winston die Ergebnisse seiner Überlegungen, die im Widerspruch zu denen der Partei stehen, festhält und ihnen damit Existenz verschafft. An seiner Eintragung *Freedom is the freedom to say that two plus two make four. If that is granted, all else follows* (S. 84) wird auch deutlich, zu welchen Werten er sich bekennt: Intellektuelle Ehrlichkeit, die auf dem gesunden Menschenverstand gründet, muss Freiheit und Gerechtigkeit zur Folge haben. Wenn Winston eine Zukunftsvision hat, dann die, dass diese Werte zum Menschsein dazugehören und auf Dauer nicht negiert werden können. Daran hält er auch noch während der Folter fest, wenn er zu O'Brien sagt: *Somehow you will fail. Something will defeat you. Life will defeat you* (S. 282).

protagonist/hero	Zentralfigur/Held
commonplace name	Allerweltsname
an average man	ein Durchschnittsmensch
determined resistance	verbissener Widerstand(swille)

1.2 Julia

Julia wird von Winston zunächst als elementare Bedrohung aufgefasst: Eine hübsche junge Frau, die mit der scharlachroten Schärpe der *Anti-Sex-League* herumlief, konnte nur ein übereifriges Parteimitglied und ein Spitzel sein (vgl. S. 12). Die Vorstellung, von ihr ausspioniert zu werden, steigert sich jedes Mal, wenn er sie sieht, und jedes Mal kommt sie ihm auch etwas näher. So in der Kantine, als er plötzlich erkennt, dass das mit dem Rücken zu ihm sitzende Mädchen Julia ist, und ihre Blicke sich kurz treffen (vgl. S. 64f.). Als er sie nach dem Kauf des Briefbeschwerers auf dem Heimweg zum dritten Mal trifft, geht sie ganz nahe an ihm vorbei und schaut ihm direkt ins Gesicht (vgl. S. 104). Winston bedauert mehrmals, dass Furcht, Hass und Misstrauen die Beziehungen der Menschen zueinander prägen (vgl. S. 32). Diese Haltung hat aber auch er verinnerlicht. Sein paranoides Misstrauen gegenüber Julia steht in direktem Gegensatz zu seinem blinden Vertrauen zu O'Brien. In beiden Fällen erweist sich Winston als ein schlechter Menschenkenner.

he sees her as a threat	er fasst sie als Bedrohung auf
over-zealous	übereifrig
the impression of being spied on	die Vorstellung, ausspioniert zu werden
she passes very close to him	sie geht ganz nahe an ihm vorbei
human relations are marked by	menschliche Beziehungen sind geprägt
he has internalised this attitude	er hat diese Haltung verinnerlicht
paranoid mistrust of	paranoides Misstrauen gegenüber
blind faith in	blindes Vertrauen zu
a poor judge of character	ein schlechter Menschenkenner

Winstons Angst vor Julia entspringt jedoch nicht einer konkreten Bedrohung durch sie, sondern drückt aus, was Julia ihm später erklärt: *All this [...] is simply sex gone sour* (S. 139). Winston fällt zunächst die Schärpe ins Auge, die eine sexuelle Verweigerung der Trägerin zum Ausdruck bringt; andererseits bringt die Art, wie sie die Schärpe trägt, ihre hübsche Figur besonders zur Geltung und wirkt auf ihn aufreizend. Der sexuelle

Ursprung seiner Angst wird deutlich, als sich während des 2-Minuten-Hasses sein Begehren und seine Frustration in sadistische Sexualfantasien verkehren: *He would ravish her and cut her throat at the moment of climax* (S. 17). Er rächt sich damit auch an seiner Frau Katherine, deren parteikonforme Sexualmoral ihm den Spaß an der Sache gründlich verdorben hatte (vgl. S. 70). Die durch die Parteimoral pervertierte Sexualität Winstons wird also ausgedrückt durch seinen Hass auf Frauen im Allgemeinen – *especially the young and pretty ones* (S. 12) – und seine Angst vor Julia im Besonderen.

the sash catches his eye	die Schärpe sticht ihm ins Auge
it announces her sexual denial	sie drückt sexuelle Verweigerung aus
to emphasise her figure	die Figur besonders betonen
it makes him feel aroused	es wirkt aufreizend auf ihn
to turn into sadistic fantasies	sich in sadistische Fantasien verkehren
orthodox sexual morality	parteikonforme Sexualmoral
she had killed his joy in it	sie hatte ihm den Spaß verdorben
his perverted sexuality	seine pervertierte Sexualität

Julia gibt Winston im 2. Teil des Romans sein Vertrauen in seine Liebesfähigkeit zurück. Sie ist das, was man eine „erfahrene Frau" (vgl. S. 131) nennt, hat gesunden Menschenverstand und ist der Wahrheit oft näher als Winston; so wenn sie das Gerücht über Goldsteins Verschwörung als ein von der Partei selbst erfundenes Märchen bezeichnet (vgl. S. 159) oder vermutet, dass die Raketenbomben auf London von der Regierung selbst abgefeuert würden, *"just to keep the people frightened"* (S. 160). Ohne es zu ahnen, erkennt sie sogar die Falle, die die Gedankenpolizei ihnen gestellt hat: Als sie sich den Stahlstich in ihrem Versteck anschaut, meint sie: *"I bet that picture's got bugs*[1] *behind it […]. I'll take it down and give it a good clean some day"* (S. 153). Nur in einem wesentlichen

1 *Bug* bedeutet auch im Englischen *Wanze* (Insekt) und *verborgene Abhöranlage.*

Punkt irrt auch sie, wenn sie bei der Frage, ob die Partei sie zum Verrat ihrer Liebe zwingen könnte, meint: *"They can't get inside you"* (S. 174). – *But they could get inside you* (S. 303), stellt Winston am Ende verbittert fest.

confidence in his ability to love	Vertrauen in seine Liebesfähigkeit
an experienced woman	eine erfahrene Frau
without suspecting it	ohne es zu ahnen
to set a trap for	jdm. eine Falle stellen
on one point she is wrong	in einem Punkt irrt sie
bitterly	verbittert

Das rein erotische Interesse Winstons an Julia wandelt sich recht schnell in Zärtlichkeit und den Wunsch, ständig beisammen zu sein (vgl. S. 145 f.). Durch die Anmietung des Zimmers werden sie sich auch geistig vertrauter, kommen sich aber auf dieser Ebene gerade nicht näher. Julia ist ein praktisch orientierter Mensch, der es z. B. versteht, illegal Lebensmittel zu organisieren (vgl. S. 127, S. 147). Bezeichnenderweise entzieht sie sich Winstons Umarmung, als sie bei ihrem ersten Treffen in ihrem Versteck mit Tüten voller seltener Nahrungsmittel eintrifft (vgl. S. 147). Sie entzieht sich gleichermaßen einer geistigen Umarmung, indem sie völlig unsentimental auf Winstons Ängste, seiner Suche nach der Vergangenheit, seinen Spekulationen über seine Revolution reagiert. Sie schläft bei Winstons Worten ein, als er ihr aus Goldsteins Buch vorliest (vgl. S. 226). Julia interessiert nur, im Rahmen des Möglichen mit Winston zusammen das Leben zu genießen: *Life as she saw it was quite simple. You wanted a good time; "they", meaning the Party, wanted to stop you having it; you broke the rules as best as you could* (S. 137). Winston irritiert diese Einstellung und er wirft ihr einmal vor: *"You're only a rebel from the waist downwards"* (S. 163) – was Julia als ein besonders gelungenes Kompliment auffasst. Die Motive, die sie zum Eintritt in die *Brotherhood* bewegen, sind daher wohl auch nur in ihrem Festhalten an Winston zu sehen (vgl. S. 180), dessen Todesahnungen sie nach und nach jedoch übernimmt: *"We are the dead," he said. "We are the dead," echoed Julia dutifully* (S. 230). Über ihr Schicksal nach der Verhaftung erfährt der Leser nur, das sie unter der Folter Winston verraten und sich, wie Winston, verändert hat. Winston ist geistig tot; Julia ist rigide, wie der Körper einer Leiche (vgl. S. 305).

tenderness	Zärtlichkeit
practically-minded	praktisch orientiert
it is significant	bezeichnenderweise
she withdraws from his embrace	sie entzieht sich seiner Umarmung
within the bounds of possibility	im Rahmen des Möglichen
she takes it as a compliment	sie fasst es als Kompliment auf
her clinging to Winston	ihr Festhalten an Winston
she gradually adopts them	sie übernimmt sie nach und nach
a corpse	der Körper eines Toten/einer Leiche

1.3 O'Brien

Als handelnde Person tritt O'Brien erst in Teil III des Romans voll in Erscheinung. Er ist aber von Anfang an gegenwärtig und wird in der 2-Minuten-Hass-Szene beschrieben: *a large, burly man with a thick neck and a coarse, humorous, brutal face* (S. 12). Trotz seiner Hässlichkeit und Preisboxerfigur (vgl. S. 13) wirkt er auf Winston aufgrund gewisser Gesten elegant, kultiviert und intelligent. Das ist für Winston ein untrügliches Anzeichen: *O'Brien's political orthodoxy was not perfect* (S. 13). Von daher bis zu der Überzeugung, dass O'Brien dasselbe denkt wie er, bedarf es für Winston nur eines kurzen Blickwechsels mit ihm (vgl. S. 19). Seitdem bildet er sich ein, dass O'Brien sein Beschützer ist: *"I know precisely what you are feeling. […] But don't worry, I am on your side!"* (S. 19). Im Traum von der Stimme in der Dunkelheit sagt O'Brien ihm voraus: *"We shall meet in the place where there is no darkness"* (S. 27). Die intime Nähe, die Winston diesem Mann gegenüber empfindet, geht so weit, dass dieser gottähnliche Züge für ihn annimmt: O'Brien kann seine Gedanken lesen (vgl. S. 185) und tröstet ihn, wenn er verzweifelt (vgl. S. 84). Er enthüllt jedoch sein wahres Gesicht bereits, als in Winstons Fantasie das Gesicht von *Big Brother* das von O'Brien ersetzt (vgl. S. 107). Aber Winston verdrängt alle Zweifel darüber, ob sein blindes Vertrauen in O'Brien gerechtfertigt ist (vgl. S. 176) und empfindet nur *admiration, almost […] worship* (S. 182) für ihn bis zum bitteren Ende.

as an active character	als handelnde Person
his apparent intelligence	der Anschein von Intelligenz
an unmistakable sign	ein untrügliches Zeichen
the intimacy	die intime Nähe
he comforts him when he despairs	er tröstet ihn, wenn er verzweifelt

Alles was O'Brien gesagt hat, erweist sich in Teil III auf paradoxe Weise als wahr und gleich bei ihrer ersten Begegnung im Liebesministerium weist dieser Winston darauf hin: *"You knew this, Winston. […] Don't deceive yourself. You did know it – you have always known it"* (S. 251). In der Tat ist Winston an dem Ort ohne Dunkelheit (vgl. S. 241), O'Brien ist an seiner Seite und wacht über ihn – *He was the tormentor, he was the protector, he was the inquisitor, he was the friend* (S. 256). Obwohl Winston klar ist, dass O'Brien ihn sieben Jahre lang manipuliert hat, tut das seiner Verehrung für ihn keinen Abbruch. Im Gegenteil, sie wächst noch. Auf der psychologischen Ebene knüpft sich im 3. Teil eine unheimliche Beziehung zwischen dem Folterer und dem Gefolterten: Sie sind sich ähnlich. Winston fühlt sich von O'Brien zutiefst verstanden: *Perhaps one did not want to be loved so much as to be understood. […] In some sense that went deeper than friendship, they were intimates* (S. 264). O'Brien bestätigt dies: *"I enjoy talking to you. Your mind appeals to me. It resembles my own mind except that you happen to be insane"* (S. 271). Aus Furcht, selbst verrückt zu sein, aus Angst, dass *doublethink* das sein könnte, was Goldstein als *controlled insanity* (S. 225) bezeichnet, benötigt O'Brien Winston: Er erklärt dessen Geisteszustand als krank, damit sein eigener als gesund erscheint.

comes true in a paradoxical way	wird auf eine paradoxe Weise wahr
it does not detract from his admiration	tut seiner Verehrung keinen Abbruch
sinister bonds are established	unheimliche Beziehungen werden geknüpft
between the torturer and the tortured	zwischen Folterer und Gefoltertem
they are alike	sie sind sich ähnlich
for fear of being insane	aus Furcht, verrückt zu sein

Auf einer politischen Ebene erkennt Winston durch O'Brien die gewaltigen Manipulationsmöglichkeiten, die dieser Staat hat: Jede denkbare gedankliche Abweichung ist von vornherein eingeplant und man ist darauf vorbereitet[1]. An dieser Stelle gibt Winston praktisch seinen Widerstand auf: *There was no idea that he had ever had, or could have, that O'Brien had not long ago known, examined and rejected. His mind contained Winston's mind* (S. 268). Damit akzeptiert Winston die Behauptung der Partei, dass das Bewusstsein des Einzelnen nur Teil eines Gesamtbewusstseins ist, das von der Partei repräsentiert wird und das sich nicht irren kann. *It must be he, Winston, who was mad* (S. 268). Obwohl Winston resigniert, verrät O'Brien in seiner Zukunftsvision vom Triumph der Macht über die Menschlichkeit, dass man noch nicht am Ziel ist: *When we are omnipotent [...]* (S. 280), sagt er, was bedeutet, dass sie noch nicht allmächtig sind, auch wenn er Winston zerstören und ihn als *the last man* (S. 285) verhöhnen kann.

Der Schluss der Romanhandlung zeigt Winston als Verlierer, aber hier sollte man einmal über die **Funktion des Appendix** spekulieren, der zwar nicht Bestandteil der Handlung, aber des Romans ist. Der Verfasser des Anhangs blickt aus einer unbekannten Zukunft auf die Entwicklung von *Newspeak* zurück, als ob er über eine vergangene Epoche schreibt (vgl. S. 312f.). Was ist in der Zwischenzeit geschehen? Will Orwell durch den

1 Vgl. W. Erzgräber, Utopie, S. 192f.; vgl. Lesetipps, S. 40.

Anhang sagen, dass selbst ein noch so perfektes System nicht auf Ewigkeit funktionieren kann? Hat Winston mit seinem Traum von der Überlegenheit der Menschlichkeit doch letztlich Recht?

to speculate about	spekulieren über
as if writing about	als ob er über … schreibt
a bygone age	eine vergangene Epoche
it cannot work forever	es kann nicht ewig funktionieren
superiority of humanity	(Über-)Lebenskraft der Menschlichkeit

2. Inhaltliche Elemente

2.1 Die Funktion des *Appendix* und von Goldsteins Buch

Der **Anhang** über ***The Principles of Newspeak*** besteht aus einem im Stil einer wissenschaftlichen Abhandlung abgefassten Rückblick auf die Ziele, die Entwicklung und die Struktur von *Newspeak*. Für die Handlung scheint dieser Teil ohne Bedeutung zu sein, da der Leser bereits recht ausführlich über *Newspeak* aufgeklärt ist (vgl. S. 53 f.). Deshalb kann man ihn als Nachgedanken des Autors auffassen, der sprachliche Entwicklungstendenzen seiner Zeit satirisch auf die Spitze treibt, so die Entwicklung von unregelmäßigen Verb- und Steigerungsformen zu schwachen Formen oder die Reduktion von Bezeichnungen auf zum Teil groteske Abkürzungen, die manchmal aber den wahren Charakter des so Bezeichneten enthüllen: *Minitrue* für *Ministry of Truth.*

Goldsteins Buch scheint ebenfalls eine pseudowissenschaftliche Abhandlung zu sein, es hat jedoch nicht die satirische Qualität des Anhangs, sondern wirkt sehr plausibel in seiner Darstellung der Funktion des Krieges – *destruction […] of the products of human labour* (S. 198) –, der Klasseninteressen (vgl. S. 210 f.), der wahren Motive einer neuen Klasse von Herrschenden – *hungrier for pure power* (S. 214) – bis hin zu den erweiterten Manipulationsmöglichkeiten des Staates durch neue Medien (vgl. S. 214) und der Aufteilung der Welt in drei Superstaaten. Immerhin ist die Welt 1948 bereits in zwei Blöcke gespalten. Es deutet einiges darauf hin, dass in Goldsteins Buch die Überzeugungen des Autors selbst Ausdruck finden. In seinen nicht literarischen Schriften vertrat Orwell Ansichten, die sich in diesem Teil des Romans widerspiegeln.[1]

in the style of a scientific treatise	im Stile einer wissenschftl. Abhandlung
unimportant to the plot	ohne Bedeutung für die Handlung
afterthoughts	Nachgedanken
to take them to extremes	sie auf die Spitze treiben
reduction of terms	Reduzierung von Begriffen
grotesque abbreviations	groteske Abkürzungen
a new class of ruler	neue Klasse von Machthabern
split into two blocs	in zwei Blöcke gespalten
non-literary writings	nicht-literarischen Schriften
to reflect	sich widerspiegeln

2.2 Die Symbolik

Ein Symbol ist etwas, das für etwas anderes steht. In diesem Sinne sind nicht nur konkrete Gegenstände Symbole, sondern auch Metaphern, d. h. indirekte sprachliche Vergleiche.[2]

Winstons Krampfader ist ein körperliches Symptom für Winstons psychischen Zustand. Gleich zu Anfang macht sie ihm den Weg in seine Wohnung im 7. Stock schwer (vgl. S. 3). Als er versucht, mit dem Tagebuch zu beginnen, aber keinen Anfang findet, stellt sich Juckreiz ein, als ob seine innere Gereiztheit sich sinnlich darstellen will: *He dared not scratch it, because if he did so it always became inflamed* (S. 10). Wie sehr die Krampfader Winstons seelisches Leiden symbolisiert, wird an zwei Stellen ganz besonders deutlich: Als er in der vermeintlichen Sicherheit seines Verstecks sein Glück mit Julia genießt, ist die

1 Zu Goldsteins Buch vgl. auch W. Erzgräber, Utopie, S. 182f.; vgl. Lesetipp, S. 40.
2 Vgl. Shipley, Literary Terms, unter „symbol“; vgl. S. 38.

Krampfader praktisch verschwunden (vgl. S. 157); als Winston sich jedoch nach wochenlanger Folter im Spiegel sieht, ist sie *an inflamed mass with flakes of skin peeling off it* (S. 284).

Die Bedeutung des Briefbeschwerers erklärt Winston selbst: *The paperweight was the room he was in, and the coral was Julia's life and his own, fixed in a sort of eternity in the heart of the crystal* (S. 154). Er hatte ihn als Sinnbild einer Vergangenheit gekauft, in der es noch Schönheit gab (vgl. S. 98f.). Sein Besitz bedeutet das Festhalten an der Vergangenheit als einer besseren Zeit und dies macht Winston verdächtig. In seiner Angst wollte er Julia mit dem Briefbeschwerer erschlagen (vgl. S. 105); genauso glaubt er auch, die Partei mit der Aufdeckung der Vergangenheit vernichten zu können, als er den Fälschungsbeweis in der Hand hält: *it was a fragment of the abolished past,* [...] *enough to blow the Party to atoms* (S. 82). Der Briefbeschwerer ist ein Symbol der Transparenz und der Wahrheit, aber auch eine Waffe. Seine Träume von Wahrheit, Glück und angstfreier Existenz werden zerstört, als die Gedankenpolizei zuschlägt und er in der zersplitterten Glashalbkugel plötzlich das Ausmaß seiner Illusionen erkennt: *How small, thought Winston, how small it always was!* (S. 232).

symbolism	Symbolik
concrete objects	konkrete Gegenstände
i. e. (that is [id est])	das heißt
indirect linguistic comparison	indirekter sprachlicher Vergleich
a physical symptom	ein körperliches Symptom
his psychological situation	psychischer Zustand
it starts itching	Juckreiz stellt sich ein
his mental irritation	seine innere Gereiztheit
physically	sinnlich
after weeks of torture	nach wochenlanger Folter
the attachment to	das Festhalten/Hängen an
he makes himself suspect	sich verdächtig machen
transparency	Transparenz/Durchsichtigkeit
the extent of his illusions	das Ausmaß seiner Illusionen

Der wiederkehrende Traum vom ***Golden Country*** mit seiner wärmenden Sonne symbolisiert die Sehnsucht nach einer besseren Vergangenheit. Den Kontrast dazu bilden der kalte Winter der Gefühle in der Realität und das kalte Licht im Wahrheitsministerium. In diesem Traum spiegelt sich auch Hoffnung auf eine bessere Zukunft. Alle drei Elemente sind stets gleichzeitig vorhanden; so die Zukunftsvision, wenn Julia sich ihrer Kleider entledigt *as though Big Brother and the Party and the Thought Police could all be swept into nothingness* (S. 33). Dann aber wieder die Vergangenheitsnostalgie: *That too was a gesture belonging to the ancient time. Winston woke up with the word "Shakespeare" on his lips* (S. 33).

Als Winston in seiner Zelle wieder vom *Golden Country* träumt, verschmelzen Vergangenheit, Gegenwart und Zukunft zu einem einzigen Bild: Zusammen mit seiner Mutter, Julia und O'Brien sitzt er friedlich in der Sonne (vgl. S. 288). Alle Gegensätze sind aufgehoben; man spricht über *peaceful things*. Solange Winston an diesem Traum festhält, hat die Partei keine Macht über ihn; aber dieser Traum verrät ihn auch, als er mit dem Schrei nach Julia aus ihm erwacht (vgl. S. 293). Danach träumt Winston nicht mehr. Seine Erinnerungen verwirft er als *false memories* (S. 309), seine Gegenwart besteht aus einer Scheinexistenz (vgl. S. 307), seine Zukunftshoffnung ist der Tod (vgl. S. 311).

the recurring dream	der wiederkehrende Traum
it contrasts with	den Kontrast dazu bilden
nostalgia	Nostalgie
they melt into a single picture	verschmelzen zu einem einzigen Bild
all conflicts are resolved	alle Gegensätze sind aufgehoben
as long as he clings to his dream	solange er an seinem Traum festhält
phoney existence	Scheinexistenz

Auf der Suche nach den vergessenen Versen des **Kinderreims** versucht Winston die Vergangenheit wie in einem Puzzle zu rekonstruieren. Lediglich O'Brien – und hiermit erweist er sich sozusagen als Herr über die Vergangenheit – kennt alle Verse (vgl. S. 186). Für ihn ist die Vergangenheit indes bestenfalls ein *junk shop* und von keinerlei anderem Nutzen, als Menschen wie Winston zu manipulieren. Die offene Drohung am Ende des Reimes *"Here comes the chopper to chop off your head"*, (S. 102) übersieht Winston, obwohl er sich an sie zuerst erinnert. Erst als sie bei seiner Verhaftung sarkastisch von Mr. Charrington zitiert wird, merkt er, dass er manipuliert worden ist (vgl. S. 231).

Auch die **Ratten**, die sich auf dem Höhepunkt von Winstons Glück zeigen, stehen in Verbindung mit seiner irrationalen Angst vor ihnen – *"Of all horrors in the world – a rat!"* (S. 151) – eine Einstimmung auf das, was auf ihn zukommen wird. Winstons Kindheitserinnerungen über den Krieg (vgl. S. 35f.) lassen in Verbindung mit seinem Ekel vor dem Geruch von Gin (vgl. S. 301) darauf schließen, dass hier der Ursprung der Phobie liegt: Ein kleines Mädchen muss von den *buggers*, von denen der nach Gin stinkende Alte spricht, getötet worden sein (vgl. S. 35f.). Dass Winston diese Erinnerung verdrängt hat, wird in seinem Traum von der ***wall of darkness*** deutlich, der ihm in dem Moment einfällt, als Julia ihm von der Ratte erzählt (vgl. S. 151). Spätestens hier wird klar, wo Winston verwundbar ist.

to reconstruct the past	die Vergangenheit rekonstruieren
so to speak	sozusagen
lord/master of the past	Herr über die Vergangenheit
to ignore	übersehen/ignorieren
to quote	zitieren
foreshadowing	Vorahnung
childhood memories	Kindheitserinnerungen
in can be concluded that	man kann darauf schließen, dass
the origin of his phobia about	der Ursprung seiner Phobie/ Angst vor
vulnerable	verwundbar/verletzlich

2.3 Lebenswille und Todessehnsucht

Andere **wiederkehrende Motive** weisen ebenfalls auf Winstons Schicksal hin. So seine **Todesahnungen** – zum ersten Mal gleich bei Beginn des Tagebuches: *they'll shoot me* (S. 21), dann *suicidal folly* (S. 143), nachdem er das Zimmer gemietet hat, und *He had the sensation of stepping into the dampness of a grave* (S. 166 f.), bis hin zu *We are the dead* (S. 142; S. 230); aber auch der Text des Schlagers der *Prole*-Frau, der Winstons und Julias Glück begleitet: *It was only an 'opeless fancy* (S. 144), sowie das Lied *Under the spreading chestnut tree* (S. 80).

Neben dem Briefbeschwerer stellt die **Sexualität** ein Gegengewicht zur Todesthematik dar. Von dem Augenblick an, wo Julia Winston ihre Liebe gesteht (vgl. S. 113), will Winston leben: *the desire to stay alive had welled up in him* (S. 115). Es ist das Element der menschlichen Natur, das die Partei besiegen kann (vgl. S. 132 f.). So erlebt er seinen ersten Orgasmus mit Julia als *political act* (S. 133). Mit seiner Angst vor der Sexualität verliert er auch die Angst vor der Macht der Partei und entwickelt sogar eine Zukunftsvision, die sich auf die ***Proles*** gründet, die sich sexuell frei ausleben können.

Durch die Augen der Partei gesehen, ist Sexualität animalisch und ekelhaft, und genauso erlebt Winston auch seinen Besuch bei der Prostituierten (vgl. Teil 1, Kap. 6). Nachdem Julia ihn im wahrsten Sinne des Wortes über Sexualität aufgeklärt hat – *All this marching up and down and cheering and waving flags is simply sex gone sour. If you are happy inside yourself, why should you get excited about Big Brother [...]?* (S. 139; vgl. auch S. 136 f.) – kann er in der *Prole*-Frau die ganze Kraft und Schönheit der Sexualität entdecken: *Out of those mighty loins a race of conscious beings must one day come* (S. 230).

So bildet – in den Worten von Sigmund Freud – der Sexualtrieb, symbolisiert durch die Proles, den Gegenpol zum Todestrieb, dargestellt durch die Partei; beide bekämpfen sich in der Brust von Winston Smith.

2.4 Zyklischer Aufbau

Auch der **zeitliche Ablauf** der Handlung vollendet symbolisch einen **Zyklus**: von den kalten Apriltagen des Jahres 1984 (vgl. S. 3) bis zur Liebesgeschichte des 2. Teils im Frühsommer (vgl. S. 123); im 3. Teil befindet sich Winston in einem zeitlichen und räumlichen Niemandsland, in der er die in grelles Licht getauchte Wahrheit über die Partei und sich selbst erfährt. Der Leser verlässt diese Welt im Dunkel von Winstons Ohnmacht nach seinem Verrat an Julia (vgl. S. 300). Der Zyklus schließt sich an jenem *vile, biting day in March* (S. 304), an dem Winston Julia wieder traf. Im *Chestnut Tree* denkt er nun über die Begegnung nach. Winston ist genauso allein, wie am Anfang des Romans.[1]

to suffer a fate	ein Schicksal erleiden
premonition of death	Todesahnung
the theme of ... counterbalances	es stellt ein Gegengewicht dar
orgasm/climax	Orgasmus/Höhepunkt
sex is brutish and disgusting	Sex ist tierisch und ekelhaft
literally	buchstäblich/im wahrsten Sinne
to enlighten	aufklären
sex drive/death drive	Sexual-(Lebens-)trieb/Todestrieb
chronological order	zeitlicher Ablauf
completes a cycle	vollendet einen Zyklus
a temporal and spatial no-man's-land	ein zeitliches und räumliches Niemandsland
in the darkness of his faint	in der Dunkelheit seiner Ohnmacht

1 Vgl. auch W. Erzgräber, Utopie, S. 195f.; vgl. Lesetipps, S. 40.

3. Formale Elemente

3.1 Die Spannungskurve

Die **Spannung** wird über den ganzen Roman hinweg durch die Frage aufrechterhalten, ob Winstons Widerstand gebrochen oder ob er damit Erfolg haben wird. Die rätselhafte Persönlichkeit O'Briens fügt ein weiteres Spannungselement hinzu. In den drei Teilen des Romans werden jedoch unterschiedliche Spannungsschwerpunkte gesetzt.

In **Teil 1** ist das Interesse auf die Entdeckung einer fremden Welt gerichtet. Darüber hinaus wird die Frage, ob das Mädchen ein Spitzel ist, immer drängender und führt in Kapitel 8 zu einem Spannungshöhepunkt, als Winston das Mädchen mit dem Briefbeschwerer erschlagen will (vgl. S. 104).

In **Teil 2** wird die Handlung vorangetrieben. Gleich in Kapitel 1 kommt es durch die Botschaft *I love you* (S. 113) zu einer überraschenden Wende in den Beziehungen zwischen Winston und dem Mädchen. Dann ergreift O'Brien, der bis dahin eine Art Traumbild war, in Kapitel 6 die Initiative und scheint die Hoffnungen, die Winston in ihn gesetzt hat, zu erfüllen: *The conspiracy he had dreamed of did exist* (S. 166). In Kapitel 8 treten Winston und Julia in die *Brotherhood* ein, sodann erfährt er in Kapitel 9 einen Teil der Wahrheit durch Goldsteins Buch. Die Lektüre des Buches (vgl. S. 191–226) durch Winston bildet, wie die Ruhe vor dem Sturm, ein retardierendes Moment vor dem Eindringen der Gedankenpolizei in Winstons Welt, die sich damit als Traumwelt entpuppt (vgl. S. 230).

Teil 3 löst die Fragen, die in den Teilen 1 und 2 aufgeworfen wurden: Werden Winston und Julia ihrer Liebe treu bleiben? Wer ist O'Brien? Gibt es Hoffnung, das System zu überwinden? Wo liegt Winstons wunder Punkt? Die Spannung in diesem Teil wird durch die Darstellung der immer subtiler werdenden Foltermethoden aufrechterhalten und durch die Frage, welche der beiden Persönlichkeiten sich als die stärkere erweisen wird: Winston, der menschliche Werte vertritt, oder

O'Brien, der diese Werte verneint. Der Höhepunkt dieses Teils sowie des gesamten Romans liegt in Kapitel 5, als in *room 101* die Rattenfolter angewendet wird. Das darauf folgende letzte Kapitel ist ein Abgesang auf das, was Winston und Julia einmal waren und nie wieder sein werden.

elements of suspense/tension	Spannungselemente
focus of suspense	Spannungsschwerpunkt
the discovery of a foreign world	Entdeckung einer fremden Welt
the action is accelerated	die Handlung wird vorangetrieben
to take the initiative	die Initiative ergreifen
a retarding element/delaying factor	retartierendes/verzögerndes Element
his Achilles heel	sein wunder Punkt
swansong/farewell	Abgesang/Abschied

3.2 Satire oder *Utopian Novel*?

Die Zuordnung des Romans zur ***Utopian Novel*** ist nicht unumstritten. Einige Kritiker sehen sie eher im Bereich der **Satire**[1].

Satirische Elemente sind allenthalten in »1984« zu finden, angefangen von der für Engländer absurden Vorstellung der Anrede *Comrade* (Genosse) auf ihrer Insel, über die komische Verunstaltung ihrer Sprache durch *Newspeak*, die Funktion der konservativen *Times* als Sprachrohr einer sozialistischen Partei, bis hin zu den Verrenkungen bei der Umschreibung der Geschichte (vgl. die Erfindung des *Comrade Ogilvy*, S. 50). Ein satirischer Höhepunkt ist sicher die Umwidmung von **Trafalgar Square** zu *Victory Square*: Auf der **Nelson-Säule** steht nicht mehr Admiral Nelson, der Sieger der Seeschlacht von Trafalgar (1805), sondern *Big Brother*, der Retter Oceanias (vgl. S. 119 f.). Selbst Aufbau und Sprache der Schluss-Szene mit der

1 George Sampson, The Concise Cambridge History of English Literature, 3. Auflage Cambridge 1970, S. 895.

„Heilung" Winstons kann man wegen seiner kitschigen Rührseligkeit als Parodie auf ein Happy End auffassen.

Dennoch spricht viel dafür, »1984« als Anti-Utopie ernst zu nehmen. Orwells Sorge war es, dass sich totalitäre Regime weiter ausbreiten könnten. Hitler war gescheitert, aber Stalins Machtbereich hatte sich infolgedessen bis zur Elbe erweitert. Der Titel des Romans gab den Lesern 1949 und in den folgenden Jahrzehnten den Eindruck, dass sie selbst diese Zukunft noch erleben, aber auch, dass sie sich ihr widersetzen könnten. Somit ist »1984« ein politisches Buch, in dem Orwell die von ihm beachtete Machtpraxis des **Nazismus** und **Stalinismus** in die Zukunft fortschreibt, und das heißt: Die Freiheit und Würde des Menschen werden immer mehr durch eine technokratische Elite, die die Macht um der Macht willen erstrebt, mit Füßen getreten. Oder mit O'Briens Worten: *"If you want a picture of the future, imagine a boot stamping on a human face – for ever"* (S. 280).

satire	Satire
beginning with the absurd idea	angefangen bei der absurden Vorstellung
comical disfigurement	komische Verunstaltung
mouthpiece	Sprachrohr
contortion	Verrenkung
a satirical highlight	ein satirischer Höhepunkt
renaming of ... as	die Umwidmung von ... zu
kitsch sentimentality	kitschige Rührseligkeit
to spread	sich ausbreiten
to correspond with	sich decken mit
a technocratic elite	technokratische Elite

Questions and Suggested Answers

Of course we cannot guess what kind of questions you will have to cope with in an exam or paper. But from experience we know a number of topics and motifs which frequently turn up. Here we present some of them along with suggestions as to how to deal with them.

? Question 1

Sum up the plot of the novel.

! Suggested Answer

In 1984 Winston Smith, a 39-year-old employee of the Ministry of Truth in London, Oceania, opens a diary. This is "thought-crime" and punishable by death. From that moment on he expects the "Thought Police" to arrest him. During a "2 Minutes Hate" in his Ministry he notices the presence of an attractive young woman and also of O'Brien, a member of the "Inner Party", the centre of power in Oceania. Winston hates women, because he doesn't trust them and thinks they are all spies for the all-powerful Party. O'Brien, however, fascinates him. He believes him to be secretly in opposition to the Party and a member of an underground movement called "The Brotherhood".

The fact that Winston happens to meet the girl on several occasions makes him believe that she is spying him, but one day she slips him a message in which she declares: "I love you." They meet in secret several times and Winston falls in love with her. In order to be able to see her as often as possible he rents a room above a junk-shop in a proles neighbourhood. One day O'Brien asks Winston see him in his flat as he wants to help him with his work. Winston takes this as a sign that O'Brien is a member of the "Brotherhood". Together with Julia – the girl – he goes to O'Brien's flat, and the two of them are admitted to the conspiracy. A few days later "The Book" containing the teachings of Goldstein, the mysterious leader of the conspiracy, is secretly passed to Winston. However, the following day the Thought Police strike and both Julia and Winston are arrested in their hiding place. The owner of the shop, who let the room to Winston, is an agent of the Thought Police and they were spied on all the time via a hidden telescreen.

Finding himself in a cell of the Ministry of Love, Winston has to undergo all kinds of torture. His torturer is none other than O'Brien, whose aim is to make Winston betray his love for Julia and turn him into a devoted lover of Big Brother, the mystical leader of the Party. Winston's resistance breaks down when O'Brien applies the "rat torture": O'Brien knows that Winston has had a phobia of rats since childhood. After that Winston is released and spends his days in the "Chestnut Tree" café drinking gin and longing for his execution. He finally feels deep love for and gratitude to Big Brother. This feeling shows him that he is "cured".

? Question 2

List the information in the opening chapter about a) Oceania b) the main characters and c) the plot (Handlung) **of the novel which is important for the novel.**

! Suggested Answer

a) Oceania: *Big Brother* (p. 3) – *telescreens* everywhere – *INGSOC* – *Thought Police* (p. 4) – Britain = *Airstrip One* – decaying London – *Newspeak* (p. 5) – function of ministries

(p. 6) – poor living conditions (p. 7) – *"free market"* and shortage of consumer goods – existence of forced labour camps – permanent uncertainty (*nothing was illegal, since there were no longer any laws*) (p. 8) – 1984 – *doublethink* (p. 9) – *Junior Anti-Sex League* (p. 11) – spies everywhere – *Inner Party* (p. 12) – *Emmanuel Goldstein, the Enemy of the People* (p. 13) – permanent state of war – *the Brotherhood* – *the Book* (p. 15)

b) Winston: member of the *Outer Party* – 39 – varicose ulcer (p. 3) – Winston's looks (p. 4) – works in the document centre of *Minitrue* (p. 5) – he is a drinker and smoker (p. 7) – starts a diary (p. 8) – has doubts about the existence of the present (*To begin with he did not know with any certainty that this* ***was*** *1984.*) (p. 9) – hates women, especially the *dark-haired girl* (p. 12) – feels attracted to O'Brien (p. 13) – he is sexually frustrated (p. 17) – hates the Party and feels understood and supported by O'Brien (p. 10) – has committed *thoughtcrime* and expects to be vaporized (p. 21)

   Julia: works in the *Fiction Department* – about 27? – her looks – member of the *Junior Anti-Sex League* (S. 11) – shapely and attractive body – dangerous spy? (p. 12) – fervent admirer of *Big Brother*? (p. 16)

   O'Brien: member of the *Inner Party* – brutal appearance – sophisticated manners (p. 12) – mutual understanding between him and Winston? (p. 19)

c) elements of the plot:

   - Winston is in opposition to the Party and commits *thoughtcrime*. Will he really be caught?
   - Does the *Brotherhood* exist? Is Goldstein alive? What is written in *The Book*?
   - Is the girl an agent of the *Thought Police*? Why does a member of the *Anti-Sex League* use its emblem, the *scarlet sash*, to underline her sexual attractiveness?

- Will O'Brien justify Winston's hope in him? Is the contrast between his physical ugliness and his likeable manners of any importance? Can Winston rely on his impression that O'Brien knows *precisely what you are feeling* (p. 19)?

? Question 3

"Humanity – freedom – love – the past" are topics dealt with in »1984«. Find a symbol for each of these words in the text and explain why these four ideas belong together.

! Suggested Answer

"humanity" – see Winston's idea of the "proles": *If there is hope […] it lies in the proles.* (p. 72); *The proles are human beings […] We are not human.* (p. 173); *The birds sang, the proles sang, the Party did not sing. […] You were the dead; theirs was the future.* (p. 230); but finally, after having revealed that the hope for a proletarian revolution is *all nonsense* (p. 274), O'Brien explains shows Winston himself in the mirror: *If you are human, that is humanity.* (p. 285)

"freedom" – see again the "proles": humanity and freedom are associated. See also Winston's dream of the "Golden Country": an open landscape in golden sunshine (symbol of freedom?) and the girl throwing off her clothes: *With its grace and carelessness it seemed to annihilate a whole culture, a whole system of thought …* (p. 33). In his last dream of Julia (p. 292f.) Winston still knows that he is free as far as his feelings are concerned: *To die hating them, that was freedom* (p. 294). After that he does not dream any more.

"love" – Love and sexuality are associated with freedom (see above: Julia's nakedness in his first dream of the "Golden Country" and his love for Julia in the last dream). Julia's message momentarily relieves Winston from his certitude of death (see p. 115: *At the sight of the words "I love you" …*). During the 2nd part of the novel his hope for freedom and the overthrow of the system is paralleled by his growing love of Julia, but he becomes a prisoner of the ideas of the Party when he betrays his love to her (p. 300).

"the past" – Winston's longing for the past, which is actually a longing for a happier future, corresponds with his belief in humanity, his desire for freedom and his need for love. Thus all the above-mentioned symbols are summed up by the paperweight as a symbol of the past. It is old, and because of that, beautiful (p. 99). When he buys it, Winston becomes suspect as someone who clings to the past. This clinging to the past as a better time is also shown in his dream about his mother (p. 31 f.) and his conclusion: *Tragedy […] belonged to the ancient time […] when there was still privacy, love and friendship* (p. 32). Also after having made love with Julia he longs for the past: *But you could not have pure love or pure lust nowadays* (p. 133). Thus Winston is in search of the past when he tries to question the old prole in the pub (p. 91 f.), and when he regrets not having kept the proof of the forgery of history by the Party (p. 82). Even the room appeals to him because it is so old-fashioned (p. 100). As the room is a trap, one might also say that the past is the bait to trap Winston. On the other hand, Winston imagines using the past *to blow the Party to atoms* (p. 82), or using the paperweight to kill Julia (p. 105).

The four symbols belong together because they represent Winston's idea of mankind and human values as opposed to O'Brien's idea of a world of hatred and brutality. As these values are rooted in the past, the Party tries to destroy it. When Winston's ego is finally destroyed he doesn't believe in the past any longer: *He was troubled by false memories occasionally* (p. 309).